自說自話

馬來西亞最具代表的華文女作家

朵拉 著

不必把話說盡——序朵拉的《自說自話》

陶然

以前讀書的時候，我們閱讀課外書籍，很多是歐美的小說，也許讀書是那時生活中的主要消遣，竟然讀得津津有味。在那個時期，雖然不求甚解，卻也讀了很多經典。現在回過頭來一想，幸好碰巧有了那樣的時機，否則也未必可以讀到。人生分階段，錯過了就是錯過了，不可重新再來，如果當時無緣，踏入社會工作，忙於生活，極有可能再也無力顧及其他。

時代不同了，如今人們工作繁忙，娛樂變得極度豐富，頗受大眾歡迎；讀書特別是讀長篇小說的人，不說成了絕響，也顯然極罕見了。如果依然喜歡閱讀，短文也許是一種適宜的選擇。在這個層面上，朵拉的小品集《自說自話》值得推許。朵拉以小說和散文享譽馬華文壇，最近又創作小詩，體現她不斷進取的精神。她儘管出版過幾十本書，但絕大部份都沒有「後記」，大有想寫的都已經寫在書上了、讓讀者自去看、無須自己再饒舌之概。就個人意趣來說，我喜歡看前言後語，在某種程度上它們好像是一把鑰匙，可以打開作者的心扉；但沒有也有沒有的妙處，讀者可以直接通過文章本身觸摸作者脈博的律動，或許對作者會有更加深刻的體會，也未可知。

並非受字數限制的專欄文章，卻寫得如此短小精悍，一定有她的道理。據說她是在從事微型小說創作時受到啟發：小說既然可以微型，散文更加可以。她以寫短小散文來挑戰自己，不能不說具有寫作嘗試的勇氣。於是一批文字濃縮，給人以更多想像空間的作品應運而生。回到書名，作家大都是寂寞寫作，對於自己和周圍的人與事，常有獨自的看法和想法，甚至自說自話，朵拉把書名定為《自說自話》，大概有點意在言外的用心吧？雖然書中的同名文章，人物確是在自說自話。

要在有限的字數裏完成一篇散文，不能平均使用力量，剪裁顯得很重要，朵拉深明此理，有些事情點到即止，卻不是蜻蜓點水浮光掠影，要做到這一點，必須訓練自己對事物的敏感度，對生活的感覺更加細緻。她常常可以在看起來平平常常的事情中有所發現和感悟，這當然要歸功於她的「慧眼」，其實對好多事情我們司空見慣，已經趨於麻木，但朵拉捕捉到了，把它化為文字，讓人讀了悚然一驚，這就是敏感的力量。例如〈真假〉，她寫道：「大多數人不分真假地過日子，漸漸地也毫不介意真或假，一切不過是短暫的，不經久的，包括用錢可以買到的東西，或花了很多錢也買不到的感情。」短短的幾句，發人深省。有時候是警句，面對著多選擇的當下，各種物質引誘琳瑯滿目，她說：「不想被選擇破壞好心情。可以有哪個地方，不要有那麼多的選擇嗎？我只要一種。」（〈我只要一種〉）表面上是不想心情轉壞，實際上是對高度物質化社會的反諷，韌性的堅持，意在其中，具有濃厚的現實意義。她談愛的真諦，「人們只想聽他們想聽的，對於你所講的，你究竟想傳達甚麼訊息？他們並不在乎。誰會管你的死活呢？除了那個深愛你的人。至於對你深愛的人，無聲勝有聲。無論你怎麼樣，他都可以理解，可以容忍，可以關懷備至，根本無須說話。」（〈無聲勝有聲〉）心有靈犀一點通，盡在不言中；至於旁人的鼓譟，那又何必在意？論有用與無用，她結尾總結道：「自由社會，無法強逼，有用或無用皆無所謂，各人皆可擇自己的所想所好，各有各精采。」（〈無用〉）筆下灑脫得令人佩服，自信也在其中流露出來。

但畢竟是文學散文，朵拉在〈生活的真實〉裏，便充分顯示她的觀察能力和描寫技巧，細細捕捉人物的情態，用生動傳神的文字表現出來，於是，出現在咖啡館裏的眾生相，便一一呈現在我們眼前。文章收尾，攝影眼歸位，輪到朵拉抒發自己的感受：「我啜一口。是苦的。沒有加奶和糖，定是苦的。生活亦不如是？我嚥了下去。日子教會我們不歎息，因為甚麼都會過去。靜靜地坐著，看見一些人進來，一些人出去。不論是否到來喝咖啡，總有人進來，有人出去。喧嚷囂鬧，雜音叢生，人來人往，只有咖啡的味道最真實。同樣的，卻亦是留不住。」咖啡座的人物以及氛圍，躍然紙上，好像可以看得見、聞得到、觸摸得及；而作者的感慨，也就變成實實在在，不是空中樓閣了。她寫飄零的白花，「沉靜無聲的白花，喧鬧地盛開，又囂嚷地凋落。那樣地淒美和愴惻，簡直令人心酸難忍，驚悚恐懼，飄零竟是努力綻開的花兒們得註定的歸宿嗎？」看似睹落花而濺淚，但她筆鋒一轉，竟寫起人的宿命，「一顆心冷到底的悚懍！原來最該憐的，究竟還是人啊！」（〈花自閒〉）。這個急轉彎，看似突然，但因為有了前面對落花的鋪墊，我們不但不覺突兀，反而有驚歎的效果。這也是一種技巧吧。朵拉強調要過好每一天，否則將來後悔也來不及，或許這〈花自閒〉是其中一件讓她驚覺的事情吧？即使是吃飯，我們常常漫不經心，囫圇吞棗，但她卻強調要充份享受吃的過程，細細品嚐食物的味道，而令生活節奏更加緩慢。以這樣的心態從事文學創作，「爬格子」也成為享受，難怪在馬華文壇，朵拉憑著努力和韌性，闖出自己的筆墨天下！

二〇〇九年十一月十六日，雨中

＊陶然，《香港文學》總編輯、香港作家聯會執行會長

目次

自說情愛

自說體悟

自說藝文

自說萬象

自說自況

自說情愛

五十年後也愛你

日劇的編者像編小學課本一樣，時常喜歡用一兩個句子，一再重複在劇裡出現，讓觀眾對那句子留下深刻印象。在《一〇一次的求婚》裡，男主角星野達郎求婚的時候，對女主角說了一句：「對於五十年後的你，還是一樣地愛著。」

五十年後？世事流轉，誰知道五十年後會發生什麼樣的事？就算是五年後也已經不曉得人事究竟變換成何等模樣呀！

但是，當你聽到「對於五十年後的你，還是一樣地愛著」的那個瞬間，無論這句話是否真實，無論那人是不是辦得到，卻足以讓聽的人即刻流下感動的眼淚吧。

處在這個充滿變數的社會，這句話的可信度大約不到百分之五十。

還是相信另一個作家說的吧：「甜言蜜語只有在說的當兒最有效」。是的，只要說的那個時候，是真心的，也就夠了。以後，以後的事誰能夠掌握？

尤其是五十年以後，實在是太久了。

除非你相信一生一世。

耐看的書

重看一本書，並不是奇怪的事。

同樣的一本書，在不同時期閱讀，會有不同的體會，不同的發現。

因此久不久，就會拿以前讀過的，覺得有所得的書再重讀。果然又有新的收獲。真是高興的事，因為自覺又再進了一步。

張愛玲最愛的書是《紅樓夢》和《海上花》，這是她一生中不斷地重讀的兩部書。

有人強調閱讀要廣博，也有人認為讀書不在多，而在精和深。

每個說法都有理由，沒有對錯。

一位作家朋友說，他一生中的不同時期都在重讀希臘神話，而每一次都悟出新的內容。這部書成為衡量他精神成熟程度的標誌。

相信每個女人都盼望成為男人手上長年累月在捧讀的那一部耐看的書。

臉孔愛情

「維護愛情像照顧臉孔。」有個作家如此比喻。

啊地一聲，大吃一驚，因為太傳神了。

是的。為了一張臉孔，定時上美容院，付費用、花時間。過了中年，眉毛嘴吧眼睛都不喜歡歸位，老是說下垂就即刻垂下來。夜裡要是少睡一兩個小時，五官相約胡亂跑位，一起往下掉，不得不非常小心翼翼。

美容師說這個不可吃，那個不可飲，不准夜睡，平常注意運動，需要用她代理的牌子的護膚液潔膚水等等。

像聽從愛情專家的話那樣不敢不從地循著美容師的言論前進後退。

最終保不住，愛情仍然落入悲劇收場。

一如臉孔。

無論如何悉心照顧如何費神保養，最後，不受歡迎的眼袋兩坨、眼角下垂、皮膚打摺，皺紋滿臉，不需放大鏡，黑斑一清二楚，白髮已經去染過，再新長出來的，仍然是不想見到的白色頭髮。

都已經那樣打起萬二分的精神去應付了，仍然沒有辦法。
唉，世界上還有什麼是讓人掌握得住的？

兩個好人

有個外國朋友傳來一封電郵，面對文字卻聽到他的歎息：「為什麼兩個好人，成就不了一樁好的婚姻？」

他沒有說明是誰的故事，對於遠方朋友的私事，我也不是非常瞭解，更不便多問，不過，這一句感慨，令我深思不已。

一般人的心理，總以為選對象的話，只要人好就可以考慮。說得也是，想要結婚，遇到對方人很好，還猶豫什麼呢？然而，好人假如是條件之一，為何兩個好人，卻無法長期生活在一起。

甚至，兩個都是好人，最終也照樣會走上離婚的道路。生活竟是那麼艱難，難得好人都不能好好相處。

後來，輾轉傳來他離婚的消息。想來他心有所感，正是針對自己的現實生活，並不是他人的故事。

當他打下這兩行字的時候，悽楚和悲涼肯定壅塞在他胸口，滿至溢出，不然不會對一個不是知心的半熟朋友寄來這樣一封電郵。

愛情和婚姻，竟是渺茫和脆弱。和好人根本沒有一點牽纏的關係。

一生一世

相信一生一世，迷戀一生一世，一直到中年。
充滿變數的人生，不斷在變。
永恆是一份期許，無法期待的。
原來世間上沒有一生一世。
原來每一件東西，都可以一生一世。
一朵花，可以一生一世，一句話，可以一生一世，一個人，可以一生一世。
雖然變數無窮，但是，永恆是可以期盼的一份期許。
花謝了，但盛放的那朵花，在心裡，從來沒有凋謝過。
山盟海誓，永遠留存於心。
海可枯石可爛，人已經走了，言猶在耳，一生一世埋藏在心裡。
人生雖然無常，一切卻是心造。
一生一世，或者沒有一生一世。問你自己的願，問你自己的心。

全情陶醉

你說你快樂？那麼問你一句，你是否曾經全情陶醉過？

一個朋友冷笑提問。

如果要全情陶醉才是快樂，冷靜的現代人大概很少有快樂的時候。

回問朋友時，剛剛還在冷笑的他想也不想一下，理直氣壯回答，當然沒有。

他明知，卻仍舊不斷地提醒自己：保持清醒！

寧願冷，寧願淡，就是不准許自己全情陶醉。

大家都如此理智。無論發生任何事，寧可不允自己全然投入，反而自覺地把自己推到一邊，高處，遠一點，抽一口氣，然後冷眼，當旁觀者，因為知曉當局者會迷呀。

迷，多麼嚴重的感覺。

是一種淪陷，是一種深深地掉落進去，一種無所適從，一種自己忘記自己在哪裡，甚至忘記自己是誰的沉淪。

可是，那不是很快樂嗎？唯有全心全意的沉迷才是真正的快樂呀！

冷冷的現代人，也許已經不再需要這樣全情的快樂了。

冷冷的離別

多少年來歷經無數離別，以為練就一身好功夫，至少一顆心的硬度堪比鑽石了吧。

小女兒魚簡回來過農曆年，年過完以後再到陰鬱寒冷的英國深造。到了機場，看著她逐漸遠去的瘦長的背影，忘記自己這幾天對自己許下的諾言，眼淚照樣不聽話掉了下來。

其實這個時代，交通那麼方便，她隨時可回來，我隨時可過去，未到機場前，不斷在心裡自我提醒，今天早上不要流淚。

後來，我終於找到原因，都是機場的冷氣太冷。

冷些淡些

不要太快樂。
不要太悲傷。
不要太激動。
不要太絕望。
面對各種湧上來的情緒，要與它們劃上距離。
冷些。
淡些。
有個已過中年的朋友教我做中年人。
聽著聽著，有點害怕。果真照他所言去實踐，習慣以後，會不會變成一個渾然不覺的麻木人？
冷和淡，固然讓人情緒不動，但是，麻木不仁？我不要。
你可繼續選擇你的冷，我不會阻止。
我只是不要麻木。

半年後的離愁

不過是一句話，眼淚就流下來了。

車站是啟程和抵達的地點。有人為前途而上車，有人為相聚而下車，也有人為走更長遠的路而上下車。

那個下午沒有風，小鎮小小的候車站，擁擠著旅人。長途巴士一輛接一輛，停下來讓乘客下上車後又走掉，黑煙叢叢，空氣悶熱。

小女兒魚簡乘搭的車還未到。突然提起明年要去英國的事，很有條理地說著她的未來。我計算，還有半年的時間。南下的車來了，臨上車前，她擁著我，像突然發現了什麼：「媽媽，你怎麼還是那樣，一直在瘦。」然後她更緊地摟一下我，鬆手，上車。

在車上，瘦瘦高高的她和她的朋友，與我擺手。

回到自己的車上，深呼吸，幾分鐘內無法開車。

啊！半年後的離愁，你怎麼竟提前來報到呢？

同學會

同學會有時候令人覺得害怕。

分開二、三十年，之中連一次也沒有聯繫，突然有一天，收到一封信，叫你回去同學會。

回憶在一起的時候，那個年代已非常久遠。

遙遙無期說的，原來是遠得回想起來都覺得很陌生，感覺上彷彿從來沒有發生過。

當個個皆是無知單純的中學生時，自然是快樂的。

一旦分離，各自投入社會，生活教人生出距離。

有人走得越來越遠，有人向上爬得極高，有人在平地的路上漫步，二、三十年裡，沒有一人有閒暇搞個聚會什麼的，都說忙碌忙碌，然而成就完全不一。

同一間學校，同一班同學，同一個老師教導，最後的結果，是各人的造化。

經過輾轉歲月的淘洗，天真似洗白的衣服，殘舊落色。

人可以回去，感情是否回得去，還有待證實。

猶豫不決。去或不去？

再見面的時候，除了握手問好，接下去應該開個什麼話題？

因為你的愛

家中有雙鍾意的鞋子，卻不合穿。

女人的愚蠢在這個事件上顯示得最清楚。

購買時候，自己去試過，明知不合腳，小一號已經沒存貨，卻因樣式和顏色極愛，不捨放下，於是花錢買回家。

到底是在等待有一天，腳可能長大一點？或者是鞋子在收藏日久後，「也許」將會自動縮小一號呢？

喜歡它，即表示它是美麗的。卻因你穿不下，它的美麗永遠沒有機會亮相。它確實是被你喜愛，卻又確實地被你冷落地收藏在櫃子，漸漸地過時，在歲月浸漬下，終於陳舊了去。

從被你愛上的那一天開始，它就不再見天日，最終被丟棄。

你愛它，竟是它的不幸。

因為「因為你的愛」，它還不曾扮演它的角色，就在黑暗中結束了它的一生。

天涯的芳草

「活與生存不同，與喜歡的人在一起，便覺得自己是活的。世界有花有希望，什麼都可愛起來。」不過「能讓我活的只有一個人，」可是，「他並不愛我。」

這樣的故事不必往小說電影裡尋，現實中太多太多，隨手拈來一大把。

愛情故事實在沒有看頭，讓人魂牽夢縈的，迴腸蕩氣的，永遠都是因為分離，因為最後沒有在一起。

這種悲傷並不奇怪。只是不在現場的人無法體會那種哀痛。於是一番好意地勸告：天涯何處無芳草。

他的回答：你以為我不知道？

原來他很清楚。只不過人的致命傷是無法將自己從舊故事的愴痛中輕易抽離出來。他因此不以為天涯的芳草與他有什麼關係。

太方便了

朋友相聚，說沒幾句，分手時間到，「走了，走了。」大家互相擺擺手，沒有人猶豫，或遲疑，或慢一步走。

像從前的那些影片，還拍攝一個走了又回頭的畫面，早就已經成為歷史鏡頭。這個時代，有了電腦加網路，一切未免方便過了頭。

無論人在哪裡，只要沒忘記帶個手提電腦，一按開電腦上到網路，你一言我一語，早上忘記告訴你的瑣事，下午尚沒說完的話題，繼續聊下去。

想見面才要說，那也容易，打開電腦上裝的那個鏡頭吧，你看我邊吃著蘋果邊和你說話，我看你一邊整理東西邊對我言語，兩個人都在一心二用。

生活竟然忙碌成那樣子嗎？

也不是。只不過，毋需珍惜，不必專心，因為一切都太方便了。

太遠的想念

我很想念你，但是你住得太遠了。

這是理由嗎？當然不是。如果這不是藉口，就是一句謊言。

就像「我很愛你，但是希望你能夠改一改……」

真的很愛，他根本不需要再改。

真的很想念，不會有距離。距離是人造的。

製造距離的原因，是不愛，或者是不那麼愛。

想念是沒有距離的。完全沒有。

當你果真想要去找一個人，無論他住在哪裡，無論他人在多遠，都不會成為問題，更不可能成為見不到的理由。

有個朋友說，分手那麼久，遺失了你的地址，無法聯絡。後面居然加一句：其實我是很想念你的。

你怎麼能夠去相信這是失去聯絡的真實理由？

畫蛇添足的那一句，正好顯示出，他的想念裡缺乏誠懇的成份。

無法聯絡，只因無心聯絡。

真心想念，真正要找一個人，不管他究竟人在哪裡，有多麼多麼的遙遠，只要有心，永遠都不會找不著。

找不到，因為住得太遠，不過我真是很想念。

這樣的想念，缺乏誠意，缺少真情。

我聽見背後的虛偽。

好人

最近小城的話題是，很多年輕的中國女人前來騙老人的錢和產業。

小城有許多有產業的老人。他們的孩子大多不在身邊，由於騙事頻傳，結果孩子們都自大城回老家來。

回來的結果是吵架。

成年的孩子自認明白那些中國女人的目的，紛紛勸告老人不要變賣產業，已經聽說有好多老人因此成為「無產階級」，然後那些年輕女人揮揮手就走了。

但是老人也有理由：孩子從來不理我們，我們如此寂寞，住在一間空房子，連個說話的人也沒有。

那些年輕女人願意陪他們渡過孤獨的寂寥日子，他們因此心甘情願付出。

老人的孩子非常生氣，大罵她們是騙子。

老人不以為然，世界上只有她對我好。

平淡的日子出現一點不同，對老人來說，這是他生命中的一份甜點。

孩子無法理解。

他們忘記了老人其實只是一個寂寞的老人。需要的是關懷。
當孩子紛紛遠離，平日不瞅不睬，突然有人來關心陪伴，那個人，當然是好人。

歲月的催化

朋友非常無奈地訴說他對婚姻的怨懟：「在共同的生活裡各自建構自己的世界。」他的歎息彷彿非常沉重，然而古人早以簡潔四個字就說得一清二楚了：「同床異夢。」

如果真要研究起來，何只他一個人或是一樁婚姻有此埋怨，或說經驗。世間不知多少夫婦亦是如此這般，最後仍然攜手白頭偕老。因為個人對人生的追求，到底為何物何事，在年齡漸長，歲月催人，同時也催化人後，早就忘記生命當中還有理想和幻夢了。

日子一樣過得下去的。

癡心父母

一個朋友老來得女，欣喜異常。大家恭喜他，看他一副眉開眼笑，完全的得意，毫不掩飾他的開心。

這位五十歲才得一女的朋友，接踵而來的生活習慣，來了個大突變。

原本是煙酒一起不肯放棄的他，無肉不歡的他，轉變為兩個完全不同的人。

戒煙戒酒戒遲歸，少油少肉少糖少鹽，維持每天運動的習慣，公司裡再忙，天天黃昏到運動中心最起碼跑步半個小時。

有人不解：「為何改性？」

都說江山易改，本性難移呀。

朋友微笑：「希望看到女兒大學畢業、工作、結婚，甚至生孩子。」

原來世界上最偉大的力量，源自新生的孩子。

情傷

年輕女孩碰到情傷事件，平日每天口裡不停地說要減肥的人不必再以言語揭露，本來不胖的她，漸漸消瘦下去。

聽說愛情要人命，竟然不是傳說和神話。最近英國一項心理研究顯示，和愛情有關的狂躁症、憂鬱症，強迫症等，非裝腔作勢，也不是為賦新詞強說愁，而是一種病，致命的病，嚴重者甚至導致自殺，臨床心理學家塔利斯呼籲醫學界要認真看待此症。

感情的跌落起伏，往往是身歷其境者方知痛苦。外人一概與此事無干涉，無法發表任何意見。旁觀者自認好意提供的許多抽身而出的一等良方，對身陷其中的人，毫不管用。

離開憂愁和傷心，他們不是不要，只是不能。沒有人願意選擇長期浸漬在憂傷中，浮沉在憂鬱的海中日久，不用找醫生也知病情，那就是狂躁症，憂鬱症一併湧上心頭，致死以後也沒人知道起因是情傷。

幸好，世上確有良藥，不必醫生開方，藥方即是光陰。

勸告的話安慰不了失戀的心，從沉痛中拉拔出來並非容易。不過，失戀的人仍會逐日復原，只不過，從此言語和神色添加了惆悵和迷惘。

「對的時間，對的地點，錯的人，一場荒唐；錯的時間，錯的地點，對的人，一片傷心。」年輕的女孩說，恢復的也許僅是外觀，沒人會瞭解她的心吧。

我這樣對你

有個女朋友與我哭訴：「為什麼我對他這樣好，他卻那樣對我。」

「那樣對我」的意思是「他對她不好」，也可能是「他對她沒有她對他那樣好」。

因為女朋友沒有說清楚整個事實，我僅是從她的眼淚和哭泣聲中，自己感覺出來的。

她悲傷和淒愴的神情，在一邊看見的人，不自覺都會陪她一起黯然神傷。

事實上，我們時常有一個錯誤的觀念。

「我對他那樣好，他就應該對我那樣好。」

存有這樣的想法，去處理感情事件，結果通常會失望。

感情的天秤上，是沒有十分對十分，或者是一分對一分的。

誰對誰的感情深刻些，誰的愛比較濃厚些，那麼就付出多一點。也有那「她愛他十分，而他連一分也不喜歡她」的個案。

這就是沒有公平的愛情世界。

如果你還未曾認清這份事實，那麼，別先對他好吧。

擁擠

王子再婚了。

報紙上的照片有人哭，為故去的王妃憤憤不平「那麼美麗的王妃不要，找個醜女當寶貝」。報導連篇全是「這做法不對」，「女王積極反對」，「人民不贊成」，「不應該如此」，「婚禮應該從簡」等等等等。

不知道他的再婚關言論者何事？為什麼需要把自己投入其中？

每個人都是一個人，有自主權，發表言論的時候，請考慮從這個角度作為出發點。

王子結婚，離婚，再婚。來到二十一世紀的今天，難道他還無法獲得這份自由？

女王在婚禮大典上致詞講幾句話，眾人捕風捉影，說她不開心，說她將新媳婦比喻成一隻馬，說她在眾人面前嘲嘰她不喜歡的新娘。

女王需要這樣做嗎？她從出生就已經知道自己未來是什麼身分地位，平時無論面對任何大小事件，她的表現永遠識得大體。不要忘記，這是一個從小就開始訓練將要做女皇的人，處於這個敏感時候更加不會多說不識趣的言語。

這些在一邊興風作浪的人，說出來的，不過是自己的心事。

愛情原是兩個人的事，每個人都想在其中插上一腳，不嫌太擁擠了嗎？

無關髮型

海明威認為：「女人披著長髮，表示她對自己的婚姻生活很滿意，剪短髮的女人，意味著婚姻不美滿。」

大作家居然把女人如何對待自己的頭髮看得如此簡單化。可能在他的那個時代，女人的想法和表達能力都沒有今天的複雜。

現代女性，已經不再以頭髮的長短來表示感覺或心情。六、七十年代，還聽說過「長髮為君留」的故事，來到二十一世紀，選擇髮型時，女人考慮的是配合臉型、身型、工作的身份、地位的形象，還有另一個需要的考量點是潮流，盡可能不要讓髮型走出流行之外。

至於婚姻美滿與否的訊息，已不再由髮型披露。

甜言蜜語是藥

加了蜜糖的水，比白開水味道好。

甜的味道人人喜愛，同樣的，甜蜜的話語最動聽悅耳。

所以明知是花言巧語，甜言蜜語，偏偏卻要相信。

不全然是因為對自己的魅力充滿自信。

多數人心裡何嘗不清楚，一旦過於自信，將會失去自知之明。

上當往往是心甘情願被騙。

尤其是蜜糖塗嘴的男人，女人過不了關。

乏味木訥的男人，也許可靠、老實，但是，和這樣的人一起生活，缺少情趣。

張愛玲在《傾城之戀》裡，讓范柳原對流蘇說：「你像藥瓶，專治我的相思病。」

聰明的流蘇不會不知這分明是甜言蜜語，卻願意相信，這就叫高明的花言巧語。

許多人誤以為女人才會被甜言蜜語所迷惑。

男人先不要不屑兼嘲笑。

只要是人，皆愛動聽悅耳之言。

其實甜言蜜語是一種藥，專治壓力之病。

功效顯著，聽過以後，心情愉快，精神鬆懈。

既然人生充滿壓力，甜言蜜語也就有了用途，只要別過於誇張，令聽的人和說的人互不相信，這藥方，平日倒是不妨多用。

讓你後悔

「我去死，讓你一生一世後悔。」
有一些人帶著這種心理去死。
其實再給自己多一分鐘時間想一下。
如果那人不愛你，你死你的事。
（既然他不愛你，你為何要為不愛你的人去死呢？）
如果那人是愛你的，你為什麼如此對待愛你的人？
後悔的人應該是你才對。
所以，抱著這樣的心理去死的人，實在是愚蠢得不得了。

諾言的絕路

一個女人不斷地追究男人曾經對她許下的諾言。終於有一天，她流著淚，憤恨男人對她講了騙話。

人都奢望青春永駐，可是生活經驗和年紀往往成反比。年華漸漸老去，其實毋需太過悲傷，因為換來的是生活的歷練。不斷地積累生活的種種經驗，有些也許是失敗的，可能有的是沮喪無比，但都沒關係，人因此獲得成長，成熟的機緣。

年輕時非常在意諾言這回事。一切皆因許下的諾言出口以後，生活中立刻充滿了玫瑰般美麗的盼望和期待。

對於不守諾的人，萬般氣怒。答應要做的事，怎麼可以不遵守？

後來才明白，生命中有許許多多無奈。很多想要做的事，都沒法進行。有些事不能實踐，不是不要，而是難以辦到。自己面臨如此的為難時，終於明瞭別人的痛苦。

在那個當兒，願意為你許諾，已經很好。過後，沒實現，不要氣不要恨，諒解他吧。

你的寬容為你自己開了一扇門。要不然，當你逼他走到死角的時候，你會發現，自己同時也在那個令人窒息的旮旯哀哀地哭泣。

叫人為你赴湯蹈火來滿足你的成就感，未免太過分，而且，那人若真如此，你不會難過嗎？

聽到有人為你許諾的時刻，感動、愉悅、幸福，種種美好的感覺，已經享受過了，不也很好？

許諾，總是美麗的，不要讓美麗走到絕路。

高速公路愛情

所有的愛情，一旦落到婚姻，全都變成高速公路之愛。

一個朋友對婚後的愛情作這個比喻。

在高速公路開車，筆直的道路順暢無阻，你可以放心讓腳下只負責踩油，但是車開久了，感覺便枯燥無味，沉悶無比。路邊的風景永遠相同一致毫無改變，看得太多太久，吸引力全失。

所有的憧憬，落到現實，都變成高速公路的風景。新鮮景致，一如生命道路上的激情和火花，也許有，但不會在高速公路上出現。

無聲勝有聲

漸漸地無話可說。
從前那樣口不擇言，如今回想，彷彿那是另外一個人。
少講話，因為發現人們無法了解。
在溝通上總是遇到挫折。
人們只想聽他們想聽的，對於你所講的，你究竟想傳達什麼訊息？他們並不在乎。
誰會管你的死活呢？除了那個深愛你的人。至於對你深愛的人，無聲勝有聲。
無論你怎麼樣，他都可以理解，可以容忍，可以關懷備至，根本無須說話。

自說體悟

別人有優點？

移居外國的老朋友回來渡假，見面時大驚小怪：「怎麼現代年輕人，只懂欣賞自己，不懂欣賞別人。」

少見才多怪。這種人社會裡掃一掃，一大把。任何人事物，走進他們眼裡，都是差勁頂透；他自己，當然是例外。

不過，若說只有年輕人是如此，太不公平。

其實大部分人皆如是。自己的優點，別人的缺點，猶如浸在水裡的木耳，慢慢地膨發脹大。

至於別人的優點，咦？別人有優點嗎？

一生的身體

生病的時候才認真思考，身體是我們自己的，但我們對它到底了解多少？很多時候，我們日常做的各種事情，其實是在傷害自己的身體，卻又是處於不知道的情況下。（這可以成為理由嗎？）待健康一旦出現差錯，即表示事情已經分明，卻總是措手不及。

我們讀書，求學問，因為想知道更多人間種種情物事，或是要對世間的真假虛實故事了解得更透徹些，然而，對待自己需要用上一生的軀體，我們一直一無所知。而且沒有努力去求知。

就這樣，也過了一生。

躺在病床上，我清晰地聽到，我的身體在嘲笑著我的聲音。

不出惡言

無論處在任何情況下，切切記得，不出惡言。

贏了，勝利者背後的仇人太多，不管別人說什麼，絕不可出惡言；輸了，惡言一出，便見到你為人的小氣，你的不服和不甘心被間接放大，這是惹人多來嘲笑的不良姿態。

以惡言罵了人，為的是洩氣，但在你心仍未曾平而一口氣照樣未和時，卻已經立刻得罪了人，且生出一個讓別人厭惡你的機會。

如遇有人好意來相告，說是外頭人在說你壞話，你一聽若怒氣即時湧升，馬上出惡言，並亮出惡形惡相，豈非正好被說個正著？

不如給大家看你微笑的臉。

人家惡你，或惡言予你，最理想的回應是一笑置之。

那人說的是他眼中、心中、口中的人，更多時候其實只是個人想像，並非真正的你。平日少見面少溝通少相聚的他，怎麼會瞭解你？

費唇費舌不停解釋，亦屬多餘，添加時間上的浪費，人要不誤解你，儘管其他人把你惡得怎麼個樣子，他也絕對不會對你產生誤解。

那一開始便打算誤解你的，定是看你不順眼，你的千言萬語解釋對他一點用處也沒有。

只要你不出惡言，人心再怎麼險惡，一概於你無礙，如何惡毒之言皆傷害不了你。

不厭其煩

生活是什麼？

這個那個，各種答案都思考過，作夢也沒想到是「不厭其煩」。

希臘神話中的西西佛斯，因為騙了冥王，受到諸神的懲罰，命他晝夜不停地把巨石推上山，剛抵山頂，巨石竟滾下山腳，西西佛斯只好重新下山，再費盡力氣將巨石推搬上去，但那不聽話的石頭居然在一抵山頂又再度滾下。

逐漸明白，原來這就是真實的生活。

不論是你要或不想要的。

推上山滾下山再推上再墜下再上再下。

少年時捧讀神話，閱完嘲笑一聲，這算是什麼故事呀？

想也不想，翻開另一面。

尋找下一則，期待是比較有趣的故事。

那個時候不知道生活究竟是怎麼一回事。

如今終於徹悟。

明白也有好處，更積極努力學習如何不厭其煩。

並在煩中求取各種樂趣。

當然非常不容易，因此哪有其他時間和心情去理會路邊的閒言閒語？

在上下的山路上，盡力而為，且自得其樂便是。

不只有一種花

為什麼你不生氣？
有人就是要你生氣。不必上當。
我也生氣的，但不為你而氣。
每件事情，各人都可以有自己的意見。
你覺得好，你認為是，你喜歡，你願意，你要，你愛，你的選擇。
而我，我有我的。
彼此不同，不相為謀。
其實應該說是各不相干，之間並沒有任何關係。
我不壓你的頭來喝水，你也不必拉我下你的河。
各人去走各自的路，過各自的橋。
那麼多大道，條條大路通八方，隨各人的意願行走好了。
大家都有堅持己見的自由。
毋需爭執，吵架，辯說。

百花齊放就是這個意思。
花園裡只有一種花，也是美麗的，不過太單調罷了。

不哭的陌生人

看見有人在大庭廣眾間哭泣，那哀哀的低低的彷彿在呻吟的聲音，令旁邊的人也禁不住為她的悲傷而難過。

一定是無法抑止的傷心和痛苦，使得她愴惻無比顧不得在群眾面前保持形象。通常受教育越高的人，大都過於擔心被別人清楚地看見自己內在的情緒，多數時間為了維持表面的好看，放不下身段，於是咬緊牙關，臉無異色，甚至強作笑顏，偽裝對許多事情並不在意。

面子重要過感覺。

世間太多好奇的熱心閒人，愛做無所不知款，精力旺盛的他們等待機會要挖掘內幕去轉告他人，以表示萬事皆在自己手掌中。當傳言一層一層疊上去，底下原來的那句話，最終變了樣。不願意自己的名字被人拿到口裡去咀嚼的人，在社會叢林中行走時，往往故作一副瀟灑的樣貌給別人看。

因此明明是玻璃水晶般的脆弱，往往卻打扮成銅牆鐵壁的剛硬樣貌，罩上一襲武俠片裡才有的金絲外套，似乎這樣就可以把一切傷害阻擋隔離。

節制著，有淚任它流在心裡，有痛讓它擱在心裡，有苦也保留自己的心知道就好了。

眼淚是痛苦的稀釋，能夠哭出來起碼可宣洩掉部分的痛苦，不是不知道，卻有太多顧忌，除非，除非是躲在無人的角落。

有一天，照鏡子，會發現裡邊的那個自己，竟是一個，咦，自己也不認識的陌生人。

不在場

朋友來，說，他們說你……

然後有些幸災樂禍的樣子，誰叫你不在場。

意思是活該你。每次都說沒空，彷彿你最忙了。

朋友聚會，那個不在的人，通常總會榮幸上榜，成為被人說的人。

想通了，更加不願意參加聚會。

當你離他們越來越遠，他們說的你，不會是你。因為久不相見，他們已經不認識你。但他們不甘願，把從前的你，嚼完又嚼，非磨成粉，再加水一調，溶了還不心甘情願放手。

從前有文字獄，現在有栽贓手法。他們所說的那個人，明明非真實的你，但被硬硬栽了贓，不必抵賴，況且你也無法無奈。

事實上，你不只是不想在場，你更希望的是，最好他們完全忘記你。

不如相忘

年紀越大，對時間更加寶愛，益發捨不得隨便花用。

誰都清楚，任何東西都會隨著年齡逐漸增加，比如皺紋、眼袋、白髮、腰酸背痛、甚至贅肉和體重，偏偏就是時間，溜得既快，又越來越少。如果時間可以捧在手裡，肯定一天比一天減輕分量。手上輕鬆，心中沉重。時至今日，最最害怕白費光陰，花出去的每一分鐘，期待全都有所進帳，計較得不怕人譏罵或嘲笑。用去以後，非要回酬，至少換得學問、知識、或者什麼不做也沒關係，起碼贏來閒暇的愉悅和鬆懈的心情等等。

世事不能盡如人意，總有些時候，有人打電話來，先告訴你，「今天我想到你，給你電話」。這原是快樂的事，可以讓朋友想起你，但是，電話那頭的朋友，滔滔不絕地說個不停的，儘是無聊的瑣碎，八卦的內容居然是和說話及聽話的人都毫無關係的東家的長和西家的短，而且足足講了超過一個小時。

放下電話，歎息，但願我不是她的朋友。

終於明白古人所說的：不如相忘。

價值連城

朋友說，我聽到有人說你……

然後見我對她的轉述一點反應都無，並非她想像中的怒不可抑，她奇怪：「咦！你怎麼都不生氣？」

飛也似的時間飛逝地去了，單是這樣一想，也都已經驚心動魄，魂不附體。再多想想，還有那麼多書沒讀完，那麼多圖畫未曾動筆，誰尚有多餘時間去理人家說什麼？

別人說你什麼，那又如何？對你會有任何改變嗎？他的言語於你又有什麼意義呢？他說或不說，你照樣還是你自己，難道你願意為他的一句話，急急改頭換面，以另一個你，出現在人們面前？

假設你並不重視，那麼聽來作甚？

在這世間上，還有其他東西比時間更有限的嗎？

人越來越老，在這世上的歲月越來越少，分秒益發寶貴，豈可胡亂拿來用掉？

如果有人居然把如此珍貴的有限時光花在說你講你，那我恭喜你了，你的價值簡直就是連城哪！

不知香水

一個朋友對香水完全不認識，「真的，我沒有騙你。」聽到他老實向我坦白的時候，我目瞪口呆，所以他又這樣強調一下。

「我自己，從來沒用過香水。」已經中年的他說：「是，有時候，過節啦生日啦，孩子送給我當禮物，因向來沒用，不習慣，都擱著，後來，後來就不曉得哪裡去了。」

「你知道嗎？」我嘗試在向他灌輸一些思想：「那味道……，那感覺……」又覺得各人應有各人的文化生活選擇，結果頓來頓去，都說不出話來。

後來我們彼此覺得抱歉，換了話題。

其實歉意是多餘。難道好朋友的生活習慣，一定非相似不可嗎？說了也許要被人罵小布爾喬亞意識，總覺得，生活裡沒有香水，彷彿缺少一點，說不出來的什麼吧？

從容、悠閒、溫馨和美麗。

然而對他，可能一些些的損失也沒有。

有的人，不知道文學，不知道美術，不知道音樂，日子同樣可以非常快樂。

之前不知他沒用香水，在買了香水後，告訴他：「一噸的花精，是由六百噸的茉莉花，才能提煉出來的呢。」

成千上萬的花朵，濃縮後儲藏在一個小小的瓶子裡。打開來，那香味，奢侈得令人心動。

是，也心痛。畢竟得葬了那麼多那麼多的花，才換那一點香水。

但是，香水的感覺，不是其他東西可以比擬，或者替代。

黃金和鑽石，可能較貴重，或永恆——永恆又如何？如果人不在了，還在意永恆？——然而，香水的柔軟、精緻、美好、愉悅，則是什麼東西也比不上的。

不要羨慕

鳥兒希望它是一朵雲，雲兒希望它是一隻鳥。泰戈爾早早就說了。

我們永遠在羨慕別人。

因為我們對現狀的自己，自己的現狀，恆是不滿意。

來到分叉路口，無論我們選擇的路是哪一條，到最後，我們永遠懊惱自己當初所選的，永遠想念那一條我們沒有機會去走的路。

「鳥兒幻想自己是一隻魚，魚兒幻想自己是一隻鳥」。一位漫畫家也點出群眾的不滿足心理，而他的勸告則是「鳥兒在天上好好地飛，魚兒在水裡好好地遊吧」。飛鳥要是到了水裡，不會遊泳，只有慌張失措的份兒；魚兒上了天空，沒有翅膀，肯定會掉下來。

許多成年人認為，漫畫書是屬於孩童讀物，但我在《小叮當》裡讀到「不要只會羨慕別人」的時候，猶如醍醐灌頂。

不要老化

元朝了庵清欲禪師對生活的體悟：「閒居無事可評論，一炷清香自得聞；睡起有茶饑有飯，行看流水坐看雲。」

多麼令人羨慕的境界。

像這樣的生活誰做不到呢？每個人只要能夠放下，就可以馬上進入閒居無事的行看流水坐看雲日子，問題是在，誰放得下呢？

所以這不是是非題，而是一個選擇題。

有個朋友，年紀老大，仍舊充滿鬥志，興致勃勃地時常與人打筆戰，不明究理，不怕得罪地問他。

他笑意盎然：「這是保持年輕的方法之一。」

要是你告訴他閒居無事可評論，他肯定瞪你白眼。

生活的有趣是充滿選擇，有人認為了庵清欲禪師過著一流的好品質生活，卻也有那年紀老大的朋友，清靜無為被他歸於「這是老化的現象」。

不負重任

前一代年輕人，聽到老人家說：我把全部的希望，寄託在你們年輕人身上。年輕人感動地流下眼淚，挺直軀體，昂起頭來，心裡暗暗發誓，一定不負你老人家的厚望。

努力讀書，工作，為做人上人，吃得苦中苦。付出多少時間和精神，都咬緊牙根，為的是未來一定要有出頭的一天。

如今的新生代，聽到老一輩告訴他：我把全部的希望，寄託在你們年輕人身上。新生一代馬上回答：千萬不要。我沒有那麼偉大。而且我很忙，有自己的事要做。

頭也不抬，在忙著打電腦。

主觀的味道

吃好吃的或是吃有益的？

朋友A歎息地問。好像好吃的食物全無益，有益的都不好吃。為什麼沒有東西是好吃又有益的？

另一個朋友B認為，所有有益的東西都是好吃的。從前不懂吃，所以入口要求的只是調味品的濃郁味道，現在清淡才是吃真味。真味是很好吃的。凡細細品嘗就知道。

真味會好吃？A不相信，他說B是在自我安慰。

兩個人要我當評審，要我報告是站在誰的一方？

還之微笑。

且把友情的深淺推搡一邊，味道雖非藝術創作，卻也是主觀的，教我如何說？

優雅老去

一個女作家說，我要優雅地老去。

從此不讓人見到她的老人面目。每天奮力與歲月拔河。從鏡子裡看見時間留在臉上的痕跡，她即刻去找整容醫生，像拿一支塗改液般，把錯寫的字一一擦掉，讓人無法在她臉上看到她的真實年齡。

另一個女人說，優雅地老去的意思是接受現實和事實。歲月是公平的，皺紋和眼袋不會不來，只是遲和早的分別而已。接受自然，坦然處之，毋需日夜對著鏡子仔細尋找老去的跡象，然後不斷地掩蓋。這樣未免太辛苦。況且提供給別人看見的，也不過是一副假象。

兩個人的作法，不能說誰對誰錯。

都是心安的選擇，感覺這樣較好，便活得自信，也就是了。

大家都在優雅地老去。

大家都在不停地老去。

偉人的可能

不知道為什麼，別人來同我們說起他的難處，奇怪，聽起來並不是像他描述的如此困難。

總有一條路可走，但他說的時候，彷彿已經來到前無去路，後有追兵的悲慘狀。

雖然別人一臉全是慘痛的表情，看著，卻感覺他們都是誇張大師，心中暗暗恥笑，連這等小小局面也應付不了。

至於我的痛，我的苦，我的難，根本就是全世界最沒法解決的，簡直是到了絕路，而且是最痛最苦最難，其他人都不會比我的更痛更苦更難了。

縮小別人，放大自己，無他，我們都是普通人，過份重視自己，關心自己，從沒把其他人放在心上。

活該我們沒有成為偉人的可能。

何必

愛因斯坦初到紐約時，每天出門都穿一件破舊的大衣，有個朋友勸他穿好一點，他聳聳肩不介意地說：「這又何必呢？在紐約，沒有人認識我。」

幾年後，這位朋友再遇愛因斯坦，發現他身上仍然是那件舊大衣，他忍不住還是說同一句話，就是勸他換件新的，愛因斯坦毫不在乎：「這又何必呢？在紐約，誰不認識我呢？」

多麼坦然開豁的胸襟。

你是什麼樣的人，那就是你了，跟你的衣服有什麼關係呢？

凡人如你我，看不破這一點，所以出門的時候，行李一大袋，提得自己氣喘吁吁。

行旅路上，身外物越簡單，行動越方便，這樣辛苦又提又背又抱又拖，其實全是自找的麻煩。

而人生路上，有哪一段不是旅居？

做人難

朋友慨歎做人難。他的身分多重。丈夫、孩子、父親、上司、下屬、哥哥等等。「每一重有每一重的辛苦。」他皺眉，把煩惱鎖在額頭上。

做丈夫的時候，他的太太覺得他不夠好，比不上朋友的老公。當孩子呢，母親說他只聽太太的話，忘記母親當年的辛苦。做父親，孩子認為別人的父親做得比他成功。為了成為一個好的上司，他對手下忍氣吞聲。當他在自己上司前面，因為要保住飯碗，只好低聲下氣。幾個弟弟說他只顧自己的工作，平時沒有多關照自己的親人。

「真的，做人太苦。」他說著，聲音倒又提高了。「但是，苦也有好處，起碼什麼都難不倒我了。」

我不是非常明白他要表達的是什麼。

他給我講個故事：

有個人晚上獨自在家，有鬼來鬧，這人不理也不睬，鬼很生氣，鬧得更厲害，這人淡然處之，鬼於是嚇他說要讓他死，這人仍舊雲淡風輕地說：「我連活著都不怕，還怕死？」

聽得人也淒涼起來。

E時代的紅塵修行

每天早上一到工作時間，打開電腦開始創作。太多工作的時候，甚至連午餐也省略，往往是草草應付了事。

下午讀完報紙後，走進網絡。互聯網上包羅萬象，資訊萬千。計劃只逛個圈馬上回來，通常越走越遠，方向益發混淆，然後迷了路。眼光撩亂目不暇給，走不出來，留連忘返的結果是廢寢忘食。當然明白這樣對身體對健康皆無益，然而積習難改。

深怕落伍，凡和時代有關的新興產品照單全收，包括新資訊新知識。電腦、電視、收音機和手機，時刻打開，新聞新知源源而至。對於自己和潮流常時並肩前進，得意洋洋：「秀才不出門，能知天下事。」

淪落的下場，是分秒必爭。一如自尋的煩惱，這份忙碌亦是自找。每天充滿焦慮感，擔心許多事情人已知而自己還未接到訊息，另外又有許多事情還沒處理，心有一個洞，一份無法填補的空虛，精神緊崩，壓迫感永不消除。

是否真的有這份需要？

「下班後，把電腦、電視、收音機關掉，一如禪宗的過午不食，這是E時代紅塵修行的一種法門。」某日見一作家在自勸並勸人。

「少吃和少說話，不會帶來傷害。」女兒的書桌前貼著這個月的名人語錄。
超額的資訊，等同多吃和多說話。
也許勸人並自勸的作家還應再增添一句：「需要關掉的，還有手機。」
充塞著時代電器的日子，讓人想要的越來越多，惶惑之餘失去方向，漸漸忘記自己當初想要尋找的，究竟是什麼？

到處是

我們自覺是屬於比較有氣質，水平高的那個群體。

老是打從心底看不起膚淺虛榮浮躁勢利的人。而且是皺眉看他們，常在心裡嘀咕，怎麼到處碰到，真倒楣。

只有我們自己不是。

真的是滿天下都是，吃飯遇到，喝茶相逢，走到哪裡，有緣相聚的，幾乎都是。

這可不奇怪。

多數人是要輕視人的，才能顯得自己與眾不同和高人一等呀。

至於我們如何與眾不同？

問一問身邊的朋友吧。

真實的答案是：他們才是高人一等，而你，不過也是他們身邊那些個膚淺虛榮浮躁勢利的其中一個讓他們皺眉以對的人。

十八羅漢

許多人窮其一生，辛苦忙碌，都是為了尋找那十七尊金羅漢。

有個農夫，一天在田裡挖到一尊純金的羅漢。親戚朋友知道後，紛紛向他道喜。因為這一百多斤重的純金羅漢，價值連城。然而農夫卻愁眉苦臉，沒有一點快樂的樣子。

親朋戚友覺得奇怪，問他：「這一尊金羅漢，可以使你下半生不愁吃不愁穿，往後不必再辛苦種田，你怎麼好像不是很高興呢？」

「大家都知道，羅漢共有十八尊。」農夫歎息：「現在我只挖到一尊，其他十七尊，是給誰挖去了呢？」

原來他一心在想，該如何湊足十八尊金羅漢？

一個人如果不懂得欣賞自己手裡擁有的，只是不斷地羨慕別人，或者妄想得到更多，那麼你的快樂和幸福永遠都收藏在遙遠的，一個你一生一世也追求不到的地方。

緊緊抱住手上那一尊屬於你的羅漢，然後好好珍惜它。

反彈的球

「轉眼之間，那麼多年也過去了。」同學會上，喧囂的人群中，只有這一句話不斷地飄浮在空中，像一粒球，在人們的頭上彈跳著。

是個平淡而熟悉的句子，卻令人焦躁不安。

從前以為：三十歲，那是多麼久遠的事呀！如果有一天，四十歲了，真是太可怕。到了五十歲，啊啊，怎麼辦？那麼老的人哪！久遠，可怕，那麼老，一一都成為過去了。

一個年輕人譏笑：「對時間敏感是害怕年華老去的象徵，沒有別的話題了嗎？你們這些老安娣！」

他不知道，這譏笑，其實是一顆會反彈的球，不過多久，終會落到年輕人自己的身上。

只是夢

朋友在工作和回家之間拿不定主意，猶豫不決一臉徬徨來問我。

女人最終是否定回歸家庭？

是或不是，絕對不是看性別，看的是各人自己的選擇。

無論男人女人，都可回家不工作，重要是經濟獨立。

你要人家看得起你，其他姑且不論，經濟起碼要獨立。

先說經濟，再來繼續說其他別的。

說我市儈，也只好認了。因為做人需要被尊重。成就感是另一回事。

每天大清早，打開門窗，衣食住行一起來到門口排隊等待。

柴米油鹽醬醋茶，有哪一樣，不必花錢可到手？

生活的基本需求，無法自供自給，得看人臉色，仰人鼻息，如果你要，那也不妨腳步放快點回家吧。

起初說可以，養你，有一天那個人不高興，不要養了，你如何是好？

苦苦哀求：養我吧養我吧，那是你嗎？

儲蓄如果有幾百萬，足夠你下半生，倒可細細考慮，回家不做工。

說實在的，朋友的徘徊游移，早在多年以前就被我一腳踢掉了，因為清醒地知道，那只是一個夢。

同行

不曾遇過同行相互稱讚的。

從事同一行，不謾罵也語多嘲諷，不詆毀就在言中作無意流出貶低的涵義，不攻擊則語帶隱約的輕藐，不口出惡評時，卻作不經意地洩露對另一人的不屑。

有一日突然聽到歌頌，仔細傾聽，原來語句明似褒揚，暗裡實是在譏笑。

「為什麼？」有人不明究理。

那是年輕無經驗，剛出爐的社會麵包。

「同行是否只有相忌？」

簡直是多餘的問題。

年輕人仍然奇怪，「這女人與那女人並非同行，然而她們一提對方，卻沒有好話一句？」

這才是正常的。

聽過張愛玲說的嗎？「所有的女人都是同行。」

味道

弘一大師吃飯，配的菜只有一道，是鹹菜，朋友見了，感覺不忍，問：「你不嫌這鹹菜味道太鹹嗎？」

弘一大師淡淡地回答：「鹹有鹹的滋味。」

大師吃飽飯後，喝的是開水。朋友又再皺眉問：「沒有茶葉嗎？為什麼喝那麼平淡的開水。」

弘一大師微笑：「淡有淡的滋味。」

如果再衍伸下去，那就是酸有酸的味道，苦有苦的味道。

每天三餐，無論上的是什麼菜，都可以平常心去慢咀細嚼，用心仔細去感受品嘗不同的味道，那麼在生活中，萬一碰上各種不同的遭遇或生活上面臨一些改變的時候，不會出現太多的埋怨、驚慌和氣怒，也比較願意平心靜氣去面對和接受。

品味生活

提到品味，一個上了中年依舊憤世嫉俗的朋友說：「哼，知道啦，有錢就有品味囉。」

如果說，必須在有飯吃，有衣穿，生活的基本需求滿足以後，才能夠開始注意講究吃和穿的品質，這句話我絕對贊同。確實是不可能叫一個平時吃也吃不飽，穿又穿不暖的人，去挑剔吃精緻的東西，穿好牌子的衣物。

然而，若說有錢就有品味？那可不一定。

簡單的飲食，也有品味在裡邊，普通的生活，也可過得有品味。

因為「生活裡有關品味的精雕細琢，靠的不是金錢，而是時間和真情。」

平淡而規律化的每一天，令人厭倦無趣。如果我們有這樣的感覺，正是被一個藝術家看透了：「生活並不缺乏美，而是缺少發現。」

只要肯用心去感受，去觀察，去體會，去領悟，每一天，都可以是有品味的日子。

當你願意去品味生活，生活才能有品味。

病名自憐

看人家養孩子實在太容易。幾年不見，怎麼孩子突然就長得那麼大了？而且又乖巧順從聽話。

因此大家在碰面的時候自然而然會說，哎呀，才多久不見呀，孩子就這麼大了？好像別人家的孩子是充氣大的。

至於自己養孩子，箇中的勞累辛苦，那就不必說了。

其實何只養孩子，人家無論做什麼，都是簡單容易、舉手之勞。

待得自己親自來動手，任何事全難如登天。

別人的成功，一概是由天上掉下來，他只是坐著，根本也不必動，伸手就有了，完全的不勞而獲。

不明白為何罕有的運氣全去敲其他人的門。

自己的一點點收穫，全是靠自己不斷用功，做到半死，費盡心機，埋頭努力，汗流浹背，無限辛酸。

因此人人生出一種病，叫自憐。

因為你不是誰

「你不知道我是誰嗎？」一個驕傲的婦人，不給門票硬要進去看表演。

「對不起。」站在門口收票的先生彬彬有禮：「規定是憑票入門。」

「豈有此理！」衣著打扮名貴華麗的婦人生氣地喊起來：「我還需要門票嗎？你難道不知道，我就是今天晚上表演者的媽媽！」

最怕聽到的一句話就是：「你不知道我是誰嗎？」說最怕，是因為在替那個說話的人感覺難堪。不給你進去，就是因為不認識你是誰。既然不知道你是誰，那你還高聲嚷嚷，豈不是在自己臉上刮巴掌？

膨脹得太厲害，自視過高，以為人走到哪裡，或站在哪裡，都無人不識，未免缺乏自知之明。

當她不在意地嚷嚷，大家卻看見有好幾個別人紛紛走開，離她遠一點，也是怕她臉紅吧。但她一點不好意思也沒有，一直在為別人不知道她是誰而氣得跟許多人在投訴：「哼！他竟然不知道我是誰！」

答案其實很簡單：「因為你不是誰。」

因為董橋說

好友善意，自動請纓要幫我整理儲藏室。

她說唯有局外人才能旁觀者清。

「昏迷的人是不會丟東西的。」她說：「醒著才懂得如何丟，和撿。」

她一進儲藏室，指著房間裡最礙眼最占位置的幾個大箱子，問我究竟已經收藏多久，又有多久沒打開？我說自從我女兒念幼兒園開始，一直到她們出外讀書。於是她要我不管裡邊是什麼，「一個箱子，要是有兩年都不需要打開的話，就索性把整個箱子丟掉算了。」她說：「裡頭肯定是無用之物。」

照著一本《整理出更大的空間》的書裡建議的方法，她認為對我有效，想幫我整理出更大的空間。

「但是……」我吞吞吐吐：「這幾個大箱子，裡邊全是兩個孩子的獎杯獎牌，好像很有紀念性。」

「什麼？」她吃一驚的大眼睛嚇我一跳：「通常這些獎杯獎牌，大家都拿到客廳裡去擺，你怎麼裝在箱裡冷藏？」

我無意得罪或者攻擊其他人，如果要把得奬記錄拿到客廳去炫耀，那我不如每一次有各類媒體要求訪問，都爽快答應，讓更多人知道和看到。

但是，一直記得董橋說過的話：「當一個作家不斷地應酬，把自己暴露出去，那麼他會沒有了自己。」

拒絕訪問，因為，偶像的話最有力量。

當然異常清楚何為「旁觀者清」，人一旦沉迷，同樣也會「沒有了自己」。

堅持的損失

有人一心一意只吃某牌子的魚子醬，有人吃西餐只上某間餐館，有人把某品牌的咖啡當最佳飲料，有人對某檔炒河粉忠心不二，有人單選某牌子的巧克力，這些人的忠誠度是百分之百的，意思就是，其他牌子，其他餐館，其他檔子，他一概不吃不試。非要是他心中所選或為之所折服的，他才願意品嘗和進入。

如果這些人已經把所有的品牌，所有的餐館，所有的檔子都全嘗過以後，再做的堅持，那麼他可能是正確的。但是，只因為鍾情於某種牌子，便一概推掉其他品牌，連試一試也不屑為，有時候仔細想想，可能是損失也不一定。

失眠的心事

一撲到床上，馬上進入睡眠狀態。

已經忘記且不能想像自己曾經有過失眠日子。

朋友羨慕地傾訴他的苦。整整一個晚上，從半夜十二點開始數綿羊，第一隻算起，算到不知道多少，糊亂了，再從頭開始算。整個晚上就是混亂幾十次，綿羊數不成數目，並使得他往後一聽人家提綿羊就覺得害怕，感覺是數學考試的時間到了。

而最慘的慘況是，依然睡不成覺。

喝杯溫牛奶、深呼吸、做些柔軟體操、打氣功、下樓到廳裡轉幾圈、甚至打開露台門，到外邊尋點新鮮空氣……

一概無效。非常清楚，因為我都試過了。所以沒有任何建議。

這裡不流行找心理醫生，只好自己做心理治療。

幸運的是能夠克服，像通過一場考試。看見朋友為此漸漸消瘦。無言以勸。

每個人的心事都在每個人的心裡。既沒醫生幫助，能夠援救他的人，是他自己。但是，如何尋著一個心事的出口，不是容易的。

妄想大馬彩

我們有許多憂慮，其實就像中了大馬彩，那一天永遠沒有到來。

人們時常購買大馬彩，不斷不斷地買，因為要給自己買一個希望。

對人生，人們同時充滿各種幻想，憂愁著許多未發生但以為可能會發生的事，結果把自己陷在種種可能發生的悲慘劇情當中。

佛家稱這為妄想。虛妄的想法。

那些被自己的聯想力發揮到最極致的不同的憂傷事件，到了臨死那一刻，人們才發現，竟然在現實中從來沒有發生過，完全是多餘的妄想。

因此，下一次在產生種種憂慮的妄想時刻，再多想一件事：成天不斷地購買大馬彩的你，中過大馬彩沒有？

完美女人

紐西蘭一家酒吧主辦完美女人比賽。

所謂完美女人，在不同的地方有不同的定義。城市人習慣性地替完美女人下定論：「進得廚房，出得廳堂，上得睡床。」

不過，在布洛克酒巴，那是位於紐西蘭南部一個小鎮，叫瓦納卡的地方，由於這裡的經濟來源以農業為主，所以，他們的完美女人條件如下：

所有參賽女性必需懂得怎麼堆乾草、豎圍欄、為綿羊準備剪羊毛、吹口哨召狗，換車胎、補襪子、清潔桌球台、不採用開瓶器開啤酒等等。

真叫城裡的女人目瞪口呆。

如果比賽獲得冠軍的女人，長得不夠美，是否有資格登上寶座？要是長相夠美的女人，自然有許多男性搶著要為她服務，看來並不需要擁有以上所要求的技能。

聽起來非常不公平。不過，世上有公平的事嗎？

小心生活

我們小心地生活。

從小被教導應該如此對待人生。

許多朋友和我一樣，為自己的美好未來而活得小心翼翼。

我們擔憂各種可能會發生的悲劇，結果將自己陷入步步維艱的處境裡。

每走前一步，先思考，可以嗎？需要嗎？會不會有危險？是不是帶來美好結果？

結果是那一步，無法跨前。

我們嘲笑那些第一個去做一件從前沒有人做過的事，期待那些我們幻想中的倒楣事件出現，掉落在那人頭上，正好可以襯托出我們的居安思危是多麼地正確。

我們永遠不會去從事就算只有一點點冒險性的動作。因為萬一（所有的事都有萬一）遭險了，我們不懂如何脫困。

萬事過於小心，最後我們從來沒有解決困難的經驗。

我們非常小心地活到年老，然後突然有一天，我們驚覺，那些被我們歸於將會發生的所有苦難和挑戰，我們日夜在擔心的種種事項，居然一項都沒有發生過，而我們這一輩子，竟活在背負著沉重無比的憂慮中，從來沒有一天真正快樂過，這樣一鬆懈下來，喘一口大氣，然後我們就與這個世界揮手說拜拜。

岸上游泳

家有泳池的朋友羡慕：「你的蛙式非常優美，而且姿態悠閒，很漂亮哦。」出生長大的家鄉是個四面環海的美麗島嶼，但一直到三十歲，下水尚不懂怎麼生存，曾被下海像條魚般自如的朋友取笑：「島國之民不應該是旱鴨子。」似乎沒錯，不過，每件事不免有例外。

被他激發起學游泳的決定。

這條魚朋友再取笑。「咦！住海邊的人還得花錢繳學費才懂游泳？」

你看，朋友要笑你，什麼事都值得他取笑。

起初不想給錢，省下來足夠買名牌游泳衣兩件。

於是朋友在岸上指導。比手劃腳說這樣是蛙式、蝴蝶式、狗爬式、自由式等等。原來游泳和跳舞差不多，還分恰恰、探戈、華爾滋種種花樣。

聽完，下水。奇怪，人一落到水裡，心裡開始出現慌張和害怕，剛才在岸上所講的什麼什麼式，聽起來並不困難，但這時候全都一起飛到空中去了。連基本的狗爬式也比劃不出來。

手足無措，束手無策，那些不知如何是好的成語倒是和緊張恐懼一起湧上來，手和腳應該怎麼擺怎麼比全亂了招式，兩隻手啪啪啪地在水裡亂動。幸好，游泳池沒超過五尺，歎息然後放棄，站起來的時候，頭在水之上，安全行過對面。

最後還是學會游泳。因為付了費。

在這難忘的第一課，也學會一個道理：不要在岸上學游泳。

工作和玫瑰

將工作當成娛樂的難度實在太高。很久以前便聽過，多年以來做不到。

工作時候，一心盼望盡快完成，過來人看見，勸告：「慢慢做，先思考，再動手，細心處理，效果更理想。」誰不明白呢？可是，工作未完成，一份拘束往往緊縛得讓人喘不過氣，趕工是期待保留更多時間去休閒和娛樂，藉此鬆懈精神壓力。

工作卻永遠沒有完成的時候。

一個個案剛結束，另一個跟在後面追上來。

朋友趕工兩個月，每天半夜三更和星星比賽睜眼不睡覺，見到人就呱呱叫說：「再沒得睡，皺紋和眼袋從此都不要和我分手，永恆愛戀我，這可不行呀！」再能幹的女人，說到底還是女人。她還期盼著美好打算：「這個個案趕完，要求老板放長假，起碼要睡兩個星期，才能將失去的睡眠時間補回來。」工作果然完成後，她帶一對熊貓眼睛去看老板，老板非常滿意地對她微笑：「做得很好，給你一天假期，後天來開始新的個案。」

朋友說：「再這樣下去，我會精神崩潰。」

一位日本泥水匠，在工作時，於面前放一朵玫瑰。一邊工作一邊嗅著玫瑰的香味，手一停下，便瞧望美麗的花朵。隨著工作的進度，把面前的玫瑰一再移高，讓玫瑰永遠在他面前。

工作令人疲憊，厭倦；而玫瑰使人精神，鮮活。

明天，要記得帶一朵玫瑰去上班。

忘記

「今晚脫下鞋和襪，明朝不知穿不穿？」

看見有人為爭一個位置，扭曲嘴臉，踩踏朋友，真想問問他。

看見有人為賺多一點錢，忘記他學生時期的善良性格，真想問問他。

更想提醒他，名和利，只是過眼的雲和煙罷了。

其實不必問，也毋需再強調。

為爭名而變臉，為奪利而不惜一切的人，何嘗不曉得雲煙是鏡花水月？

人生無常啊！自己不是也非常清楚嗎？

做為一個旁觀者時候，清醒地想著要去問一問，去提醒別人；然而，當自己身陷其中時，往往時常忘記問自己：「今晚脫下的鞋和襪，明朝不知穿不穿？」

懷舊心境

有人說他最懷舊。因為他喜歡古董。

聽懷舊人說話，所有現代化的一切，他都看不順眼。凡新的便不夠藝術，不夠古意，沒有水準。唯有那些經過歲月篩選後，仍然沒被淘汰依舊保留下來，才有價值，也才能討他歡喜。

他收藏泛黃的廣告圖片、過時的舊書刊、浸漬著歷史痕跡的唱針唱機、五十年代黑色的大小唱盤、稍有斑裂的百年老磚瓦、已經無法走動的過時鐘錶、祖父遺下的黯青色古玉等等，滄桑味越沉重，他的興趣益發濃郁。

平日在生活中，他使用的是那些他口裡不屑的新式東西，手提電腦、手機、新式轎車、數位相機等等非常先進的科學新產品；而他心裡念念不忘多年以前的老舊物品。

有人質疑，他不是說他懷舊嗎？

勿需嘲笑他。

當我們有機會到其他國家去參觀景點時，對那些保留下來的歷史古蹟和古代建築，一邊觀賞一邊嘖嘖稱讚，點頭同意，多麼漂亮！充滿藝術感！應該保留，但是，遊覽過後，欣賞完畢，我們照樣回去新式酒店住宿，享受酒店給予住客的一切現代化產品帶來的種種方便。

沒有人想要住在古代的建築裡，和那份藝術的美麗美麗的藝術同居。

懷舊，只是一種心境。

患癌

朋友十分好意，非常神秘：「聽說你患癌？」

「誰？」不是聽誰說，而是：「誰患癌？」

朋友沒正面回答，而是間接地：「最近還好吧？」

意思就是肯定你肯定是患癌了。

他以為你只是不願意承認罷了，事實上你是患癌了。

後來，每回來電話，或者在什麼集會上碰見，就充滿善意地無限關懷地低聲問道：「最近身體還可以吧？」

用憐憫的眼光看著你。

不明白為何他非要你患癌？

用憐憫的眼光看著他。

他這也算是一種癌吧。

意外的樂趣

英國作家彼得・蒙提梅爾，為了要做試驗，特地從英國南部的普里矛斯徒步走到愛丁堡。這一段長達八百公里的行程，共花掉他一個月時間。

在這個月內，彼得・蒙提梅爾身上沒帶一分錢。整個旅遊的過程，憑恃的完全是「陌生人的善意」，一路上的膳食住宿，依靠的是全然陌生的人家的招待。

從這一個和平常人不同的「赤貧旅行」，讓彼得・蒙提梅爾發現一個事實：世界上固然有好心腸且願意幫忙他的人，也有生出懷疑心並且避之不及的人。但是，最終他還是平安地完成他的原定計劃——一次不花錢的旅遊。

這個充滿意外的行程也使他獲得許多感動的經驗。

打算外出旅遊的人們由於各種擔心、掛礙和憂慮，因此大多選擇參加旅行團，肯定自己在旅途上的一切有人幫忙打點安排，才敢於出發。

真正的人生行路，卻是由不得人自己提早做安排。

生命中總會出現種種並非自己能夠掌握的意外，當我們已經習慣生活上的大小事皆被安排和保護，對於毫無預兆，突然便降臨到身上的挑戰和挫折，一時之間，手足無措，無法面對和克服。

我們害怕意外，總以為意外會帶來諸多不便，帶來恐慌，帶來驚慌，但是，仔細思索一下，意料中的事，往往難以讓人有很大的驚喜。

生命的歲月裡獲得的喜悅和樂趣，其實大多出自於生活中的意外。

咀嚼名人

有個年輕人很想出名，天天都在思考，要用什麼方法來出名。遇到名人的時候，就低聲下氣去討教。

一天，年輕人遇到愛迪生，他即刻興沖沖地問：「你認為我以後會出名嗎？」

愛迪生對年輕人說：「會的，你死了以後會出名的。」

眼前就想出名，哪還能等到死了以後？年輕人性急地追問：「為什麼要等到死了以後呢？」

愛迪生說：「等你死了以後，人們就會把你當成例子，時常把你的名字掛在嘴上，叫孩子們不要向你學習。一個人要出名應該努力去做事，而不是成天到處問人如何成名。」

幾個人坐在一塊閒聊，不外都是社會上的名人故事，聽來聽去，居然沒有一個是好人好事。那些在報紙新聞看不到的事，閒聊人卻比記者還有本事，彷彿了解得非常清楚又透徹，說的確實是社會名人，只是故事不知是真是假？但那些人的所作所為，完全沒件好事。

這是一個奇怪的現象：人們喜歡把名人放在嘴裡咀嚼，咀碎以後才吐出來，然後還要再加上一口痰。年輕人如果知道這個現象，不曉得他還會興奮於如何成名嗎？

我只要一種

突然走進一個多選擇時代。

從前是一個人衣櫥裡有三件衣服已經太多，換來換去，白衣配黑裙，不然就黑裙配白衣。腳上的鞋子是一雙三用，走路跑步吃宴會。

假如有個人擁有四件衣服兩雙鞋子，嘿，那不得了。他肯定是來自富裕之家。

當年在物質上大家都是窮的，要買個家用品或者是電器等等什麼的，只設定一個目標，就那幾個牌子之中選一個。

突然，一切就變了樣。超市、商場、購物中心、大賣場，到處都是，逛了一家換一家，要買樣東西，想找樣小用品，也有太多的名牌，太多的選擇，滿山滿谷那樣的快溢出來的樣子，走到你頭昏腦脹，還無法做出最佳的抉擇。

一切都太多太多了。

結果是怎麼樣？

太多選擇沒目標，最後索性通通都不要。

比如進去最愛的乳酪蛋糕店，坐下，對著印刷精美的功能表，挑選心目中最理想口味的乳酪蛋糕。

咖啡、香蕉巧克力、紅莓、提拉米蘇、純乳酪……天呀，怎麼沒有不愛的？

原來我們不是進來選自己最喜歡的，而是進來學習如何放棄。

成了最大的挑戰。

選A，不捨得B，選B，會想念C，選C，那麼就一直幻想D的味道，選D呢，難道不要E了？不不不，最後混淆不清，到底哪一種最合口味？

通通都可以，也通通都可以放棄。

愛死了乳酪蛋糕，真正走進蛋糕店，心理交戰半天，最後只喚杯咖啡。

不想被選擇破壞好心情。

可以有哪個地方，不要有那麼多選擇的嗎？

我只要一種。

才悠閒呢

有個校長，學校學生三千個，天天早出晚歸，問他，很忙吧？他說，敢說忙？看我們的首相，部長，他們才叫忙。這一個鐘頭在北馬，三個鐘頭後在南馬，再多兩個鐘，他們已經置身國外了。

如果這些忙人，都沒說忙，我們豈敢叨光？說得也是。

而且心裡不覺得忙碌的時候，不知道為什麼，就生出一種悠閒閒的感覺。也有時間休息一下，也有時間看看報紙，也有時間吃飯，不算是怎麼忙。

其實無論如何，時光有多不夠用，都沒有必要製造一種忙碌的形象。肯定非要將寶貴無比的時間用在對的地方不可，閒話不說，閒事不理，保證你的光陰可多出一些來。

這個時代，哪一個不忙碌？

讓人一眼就清楚看到你一副忙碌不堪的樣子，是一份失敗。

忙碌的年代，誰都在忙，因此不管怎麼忙不過來，都要裝出閒哉哉的外表，讓人羨慕一下。

拾起的貪婪

我們一路走，一路拾起我們的欲望。

有人淡然處之，望它一眼，即刻丟棄，步伐輕鬆地向前行去。

更多人是把拾起的欲望，充滿不捨地投入自己背後的布袋。

布袋不會滿溢，因此可以投入無窮無盡的欲望。

只是因此而辛苦、疲憊、勞累。

人們於是埋怨，為何拾起的欲望，永遠閃爍發亮，帶著無法抗拒的光芒？

從來沒有想過，無法抗拒的其實不是欲望的光芒，而是內心的貪婪。

直性人

「我是直性人。」朋友口氣驕傲地直認不諱。

每次他以這句話做為開頭時，我們就知道他開始要罵人。果不其然。一些人，包括身邊的朋友和報紙上的新聞人物，在他的口裡一概成為「不是人」。他非常勇敢地在他認為做錯事的人面前毫不避忌說出事實。這話的意思是在那人面前罵那人。

漸漸地，他變成朋友中最直性子的人，只不過，大家看見他直直走過來的時候，紛紛做鳥獸散。

說話的方式很多。有的話說出來，人家一聽便知你反對，但卻可以微笑接受。有的溝通方式不僅叫人難以入耳，且出現令人討厭和反感的效果。轉彎抹角地告訴朋友，他說「我知道，你不必那麼客氣」，然後依舊固執地：「世故圓滑我學不會，也不想去學，我可是直性人。」

他堅持不肯也不願意採取比較容易讓人接受的方式說話。

他長年作他的直性人，朋友卻一日一日遠離了去。絲毫不介意地，他給自己下評語：「敢於揭露真相的人，永遠寂寞。」

時間的暴力

現在幾點了?在生活中,我們時常聽到這一個問題。有人刻意不戴手錶,也許以為這樣就不會被時間約束,但是,完全不理會時間,對人來說根本不可能。

早上幾點得完成個什麼任務,再過一個小時後要做些什麼,中午需要辦個什麼事,下午已安排好節目,黃昏得見個什麼人,晚餐時間是幾點,非準時不可,因為約好一個重要的商業夥伴一同吃飯,再夜一點另有一個夜宵的不去不行的聚會。

因此,現在幾點了?

知道幾點以後,得去辦妥今天幾點應該做好的事。不可以不做,應由你做的事,拖延推搪至最後仍然回到你手上來,況且人生就只有這麼多時間,你今天不做好,明天還是得花自己的時間來處理。

人以為自己可以勝天,在這個世界上是唯一的主宰,仔細思索,可憐的人完全被時間束縛,被時間拉得團團轉,所有人的一生都繫在長針和短針的圓圈當中,無法走出來。

不得不接受這個事實:來自時間的無言的暴力。

是非黑白

大多數人只相信他們願意相信的事，至於那是否事實，又是另外一回事。喜歡一個人，自動會相信那個人所做之事，通通有理由，絕對不會出錯。如果喜歡的人做了社會人士一致否決的事，也是有原因的。就算是藉口，照單全收，當別人提起，可拿來替他做辯護用途。告訴他們純屬誤會。

那些個讓我們看了就不順眼的人，無論他們做了多少好事，也都是有目的的。甚至對你露出友善的微笑，你都懷疑，再接下來，他就會走前來找你買保險。

是非黑白看的是你與他的交情，你愛的，都是是，都是白色。如非你所愛，全是非，全是黑。

對和錯的區別，也不過是如此簡單罷了。

生活的真實

坐在咖啡館裡，桌上有一杯濃縮的黑咖啡，無糖無奶，空氣中氤氳著它特有的香味。

我一個人進來，在我對面的椅子是空的。

走進咖啡館，有時不是因為要喝咖啡，只是想坐在裡邊，聞著散發在空氣裡的香味，是別的地方不會有的這味道。

再過去的兩個桌子前邊，坐著一個男人，他剛坐下，喚的咖啡還沒有來，就兀自點起一根煙，卻也不抽它，把煙擱在煙灰缸裡。

嫋繞的煙在他面前晃晃地上升，他把著米色衣的上半身倚靠著椅子，一雙長長的穿著黑長褲的腳互相交疊，抬頭凝望著購物中心進出的人群。

從斜斜的角度看他的半邊臉，好看的濃眉、鼻子和下巴，不似中國人的扁平，更像外國人棱角分明的臉型。

左旁那張桌子，有個頭髮削得短短，且染上淺黃色的女孩，她的短裙非常漂亮，襯一雙修長圓潤的腿，讓人忽略她有一雙單眼皮的小眼睛。坐著，彷彿有些心神恍惚，一邊低頭在讀一份雜誌，沒用心真的讀，不斷地抬頭看人，似乎在等誰來的樣子。

一對衣著入時的男女在我右側邊的桌子語音低低地不知道說些什麼。我看見女人眼圈突然紅起來，然後不斷地搖頭。男人也沒繼續說話，先是輕聲歎息，過後便沉默不語。

兩個年輕的男子，乾淨整齊，頭髮略長，但束在腦後，似乎去了同一間美髮院，找同一個美髮師，梳了一模一樣的髮型。看起來像兄弟，但很清楚的應該不是，他們手挽手走進來，態度極為親昵。

另一個直長髮女人，邊走出去邊對著手機說話。聲音很小，聽不見她說些什麼，但聽到她清脆的笑聲，非常輕快喜悅的笑聲。

咖啡的味道依舊濃郁，但不是我面前的這一杯，那是原本就籠罩在整個咖啡廳裡的味道。

我啜一口。是苦的。沒有加奶和糖，定是苦的。

生活亦不如是？我嚥了下去。

日子教會我們不要歎息，因為什麼都會過去。

靜靜地坐著，看見一些人進來，一些人出去。

不論是否到來喝咖啡，總有人進來，有人出去。

喧嚷囂鬧，雜音叢生，人來人往，只有咖啡的味道最真實，同樣的，卻亦是留不住。

月光

多久沒有看月亮了呢？有個朋友輕輕問一聲。

不知道這一句話，提醒了多少人？

城中流竄的七彩霓虹燈管過於絢豔，遮去純淨清麗的月光；城裡人的生活太忙碌，沒有多餘的時間親近月色。

月亮出來的時候，有人在回家的路上，塞著車，鼓著氣，有人在應酬的飯局，說著不是心裡的話，吃著不想吃的高脂肪高鹽份菜餚，有人在趕夜班，為不能提早回家而焦急，有人為多賺一點錢，埋頭在苦苦地做另一份兼差。

生活充滿壓力，經濟困境無法解決，誰有空暇時刻，抬起頭看一下月亮呢？

有些人的夜生活在月亮升起時正當開始，滿腦子是狂歡和享受，眼前就是五光十色的娛樂，迷醉人心的燈紅酒綠，毋需抬頭。

幽靜空靈的瑩瑩月光，對許多人而言，是完全的陌生。

聽到「月光不是照在所有人的身上」，我以為朋友說錯話了。

原來，原來是真的，真的有人不知道，晚上的天空有月亮。

朋友賺錢

「突然接到一個久沒問候的朋友來電話要請你吃飯。」說這句話的朋友問，「你知道下文是什麼？」

「賣直銷，賣保險。」我微笑。

朋友驚呼，「你真聰明。」

這哪算是什麼聰慧？

只是朋友平日少出來社交，因此不知人間世故事。

話又說回頭，如果你真的有需要買保險買直銷品，自然是幫朋友的忙。

有人堅持，這種朋友不交也罷。

他認為純粹的友情之中不允許滲雜金錢的來往。

這種清高的想法同樣沒有錯。

是有人寧願讓陌生人賺錢，也不給朋友分到一點利潤的。

為什麼要讓朋友賺我的錢？

這問題非常有趣，答案其實也很簡單：

因為我們是他的朋友呀。

沒時間寂寞

年輕人問：「不唱卡拉ＯＫ，不打電子遊戲，不去看電影，如何解除寂寞？」

這話不能說沒道理。難怪這些場合擠滿了人。

大家都有無限的寂寞。

人潮擁擠的地方，便是消除寂寞的場所？

本來以為是，後來發現是兩回事。

知道是誤會，已經來不及。

蘇雪林教授生前曾感歎：「光陰不夠用，哪來寂寞時？」

終於了解，要是連歎寂寞也沒時間的時候，哪還有寂寞的時候呢？

沒有答案

「有一些事真是沒有辦法，不是不要做，而是做不到。」說的人雖然語氣無奈、聲音低沉，臉色痛苦，聽的人卻在心裡蔑視他。

相信雙手可勝天，有無數的可能性，所以世界上沒有無法辦到的事，只是要不要罷了。

看著他浮突於臉上的無力感，沒有同情，覺得虛假。

漸漸地，在逝去的時光中尋找到答案。

人生確是沒有做不到的事，只不過，有些事，需要付出太高昂的代價。不是人人付得起。

就像去購物，雖然有些東西非常喜歡，達到妄想占為己有的程度，但是價格過於昂貴，到頭來也只好選擇放棄。

幻想很多事，但從沒有去做，因為可以找到理由原諒自己。事實上全是藉口，找來安慰自己用的。

我們都是人，人嚴苛待別人，對自己可以寬容。

不過，最終明白，人生有許多為什麼，卻不是每一個都有答案。

沒有老

「我在超級市場選購東西，聽到有兩個人在我的背後驚喜地低聲呼叫，啊，是你！啊！是你！然後他們接下去，彼此異口同聲地說，啊，這麼多年過去，你都沒有變老。是呀，你也沒有變，一點都不見老。」

年輕的朋友說要告訴我一個笑話，就是上述這一個。

笑話的效果是：

年輕的朋友轉頭一看，「兩個頭髮花白的老頭子正在互相握手，神情激動，但是皺紋和眼袋都非常清楚。」

「他們說他們沒有老。」年輕朋友不明白，眼前這兩個老頭子，到底是不是老得太糊塗，頭腦不清楚。「非常明顯就是兩個老人家嘛。」

遇到同齡的朋友，無論多久不曾見面，我們都不會察覺朋友的老，因為我們和朋友同時在變老。不是不願意認老，而且從來不覺得自己已經變老。

年輕的時候，遇到三十歲的人，覺得這人好老，來到五十歲，看見六十歲的朋友，感覺他還很年輕。

詩人的心和犀牛的皮

繞了一圈，女兒最後選擇音樂作為專業。在非常尊重人權的我們家裡長大的她，當然擁有這一份自由。

有一次讀到英國著名音樂評論家布萊斯・莫理森的說話：「一名成功的鋼琴家必須具有詩人的心和犀牛的皮。」

布萊斯並沒有繼續加以解釋，但這兩項需要，顯然是指鋼琴家要擁有敏銳的感情和驚人的耐力吧。

生命充滿了競爭和壓力，幸運的機會也許有，卻只占成功因素裡其中最少的成份。成功永遠不會從天而降，尤其是藝術創作，就算一生努力不懈，堅持不輟，再加細緻的情感和堅忍不拔的精神，也不一定會有成就。

天生苛求完美的女兒，竟然選擇了如此高難度的藝術，我們唯一能做的是祝福。

遇老友

在書店偶遇老友。當年相識時，他還在大學念書，今天，他的孩子已經在學院深造，因此算是多年「老」友。

老朋友見面，見到的自然就是「老」樣子，老老的樣子。

一如每一個中年人相逢的動作，大家一起面對書架感歎。「時光不留人，好像才不久前，怎麼可能就這樣，日子已經過去。」

然後老朋友畢竟是老友，了解愛聽的是什麼話，臨走前說：「你都沒有變，還是一樣那麼年輕。」

大笑，回答：「因為我們一起老，所以就不見老。」

他呵呵呵：「是是是，一起老。」說完再一次強調：「真的，你都沒變老。」

回家的路上，開車的人半玩笑：「喂，老友說你都沒老。」

唉。我瞪他，「老朋友說話是給你高興，不是叫你相信。」

遺憾

一個朋友問，你可有遺憾？

未待回答，便替我說，肯定沒有，你那麼幸福。

我微笑點頭說是的。是的。

朋友是問著玩的。

這句是她想要傾訴她生命中的種種遺憾的一個開頭。並非真心要知我有何遺憾。

而我也不打算告訴她。

我，太多遺憾了。朋友歎喟。開始訴說那些令她後悔的各種選擇。

我們永遠後悔我們所選擇的，我們永遠嚮往另一條沒有走去的路。

如果真的讓我說說遺憾，要請朋友坐著兩天，靜靜地聽，也不知道說得完嗎？

每一個人的遺憾事，充塞在每個人的生命裡，只有自己知道。

其實人生的每一個階段，都有遺憾。

年輕的時候，忽略的那些，本來以為是小事，時間過去，小事的重量卻一日一日增加，許多事情都是因為我們當時不知重視，結果成為遺憾。

為了不遺憾，終於學懂盡力而為，學會小心珍惜。

還是有點遺憾。
如果早一點知道就好。

重返

大家興致勃勃地，最多人要十七歲，一些人要二十五歲，也有人要童年時代。

原來是聚會的其中一人提起，若有個時光機器，可以讓人回去舊時，你要選擇你的哪一個年代？

十七歲是眾人的首選。大家對回返青春的嚮往可見一斑。二十五歲是「從此自己可以獨立自主，不必再依賴他人，是一份感覺很好的成就感。」童年時期的無憂無慮則是人人永遠難忘且一世懷念的。

七嘴八舌，爭著要想回去。見我沒出聲，大家好奇，你呢？

我？明知不可能，我選擇現在。

嗟。朋友給我白眼。

好聽的說我珍惜當下，另有一說是，我比大家先失去了那份天真的情懷。

感恩

歲月的累積讓我明白，人和人生皆不完美，幸好心愛的人都在身邊。
大自然有花樹、山水、還有藍空、白雲、星星、月亮和太陽。
文學繪畫音樂戲劇，種種被預言將亡的藝術仍在，而中年的我依然喜愛。
感恩學會對一切感恩，是生命中最大的喜悅。

閒味

電腦壞了。這一天變得有點奇妙。

已經有很長一段時間不曾如此清閒過。

先是呆呆坐對窗口，陽光白亮亮地照在葉子上，影影綽綽間，漸紅的水果隱匿在綠葉中閃閃爍爍。

樹上雖不見小鳥，周邊卻有動聽的鳥兒鳴囀聲。

走到冰箱找出幾種水果，切片，放進茶壺，加一包紅茶，添熱開水，等待香味，一邊在翻手上的《西洋畫派十二講》，靜靜地觀賞不同派別不同時代的畫家的作品。

啜一口茶，咦！原來閒閒的味道那麼好喝。

自說藝文

白紙的新生

畫桌上一張白紙，下筆後，它可能獲得新生，卻也可能於瞬息間死亡。

心中猶豫，筆墨一旦沾紙，就決定了它的生死。畫得好，它便是新生，畫壞了，它馬上墜進字紙簍。

它面臨的是如此尖銳而毫無商量餘地的命運。

更加忐忑。

年輕時膽大，從不多加思考，提筆，即刻就把一張紙解決了。

無聲歲月悄悄走過，這些日子來，面對一張潔白無瑕的紙，深思細想，終究沒法手起筆落，往往是低歎一聲，沉默地離開畫桌。

倒出來染上空氣的黑墨，隔天即陷入半乾狀態，再多一天，枯成墨塊。

明白自己可以掌握一張紙的生死大權以後，提筆竟生遲疑。

其實遲遲沒落筆，白紙縱然不死，同樣沒有新生機會。當滿紙皆塵埃時，它亦猶如落花，一日黃過一日，最終還是得死去。

不言

女權開始抬頭，部分女人占了先機，終於有幸成為女強人。也許為了要將自己和家居女人分清楚，許多成功女性，無論在何種場合何種聚會，都不忘記爭取每分每秒，用言語來突出自己。

台灣畫家張韻明早期畫許多風景，在漁村出生的他喜歡在筆下懷鄉。魚塘、樹林、雞鴨、稻田等，皆是鄉村田野的景致。八十年代曾經受邀到吉隆坡姚拓先生的集珍莊展覽。後來他嘗試畫人物，多為女性，而且是美麗的女人。集珍莊亦辦過他的女人畫展。張韻明畫裡的女人顏色華麗，繽紛多彩，深具時代感，她們都有一種柔媚的明豔，十分好看。不過，在他畫中的女人，通通都是沒有畫上嘴巴的。有人好奇，畫家說：「不講話比講話更美。」

這真是一句值得讓現代女人深思的話。

不辯

在弘一大師紀念館聽到有人對著大師的書法下評語：「這種書法我也會寫呀。」

弘一大師在書法界有「把書法推向極致」的稱譽。高僧的書法藝術特點是「樸拙圓滿，渾若天成」。今年四月在四川成都的拍賣會上，「弘一大師文物專櫃」總拍賣價格在人民幣四十至七十萬元之間。

「這樣的書法叫好書法？」那人繼續批評。

沒有人回應他。

弘一大師在生前也曾經遭受許多人的毀謗，但他一概沉默以對。人生充滿誤解。沒有人能夠真正明白另外一個人。解釋也是枉然和多餘。

「不辯」固然非常困難，卻是最好的應對方式。

「大書法家的書法也不過如此。」

是嗎？不是嗎？都不必辯。

於是，我靜靜地聽。

兩全

孩子即將走進社會，父母為他忡忡。單純無邪的孩子，如何去應付複雜的社會？其實父母毋需勞神費心，在五顏六色的染缸裡沉浸，時日一久，顏色自然沾身，洗不落也刷不脫。

清代畫家盛大士在《奚山臥遊錄》中說：「凡人多熟一份世故，即多一份機智。多一份機智，即少卻一份高雅。」

父母牽礙的，實在就是如何兩全其美。一邊盼願孩子多世故，多機智，但一邊卻又希望孩子切莫要少卻高雅才好。

端看的是孩子的選擇，而這源自父母早年和平時的教育。說到最終，父母平日如何教養孩子，即是孩子未來的生活品味和素質。

不是人生

世界著名雕塑大師羅丹的作品，未成名時曾經備受爭議和懷疑，曾獲意大利總司令獎，也是中國國寶級藝術家黃永玉在一篇訪問裡說：「人們對陌生的現象往往反應出自我見聞的十分局限。」

一個文藝評論家，從鼻孔裡噴出冷哼：「這篇作品，全篇皆風花雪月，根本沒有刻劃人生。」

風花雪月不是文藝評論家的人生，沒錯。可是，現實生活卻有人一生皆風花雪月。

因為從來沒有機會風花雪月過，於是一口咬定風花雪月非人生。

貧窮痛苦艱難奮鬥才是你的人生，那麼恭喜你，你有機會有條件成為偉大的人。只不過，你不能要求全人類都得照你苦難的標準過日子，而有人有幸不是，就將他過的生活歸類為非人生。

令人懷疑那句否定，是妒忌心理下產生的評語。

了解或不

一個朋友說，你是那樣的一個人，從你的文章裡看得出來。
他非常堅持，對不對。
語氣不是劃上問號。因為這不是一個問題，是一個肯定句。
其實誰能夠了解誰？
我們時常說期盼別人的了解，事實上並不。
奢望是奢侈的，情感上已經沒有能力負擔。
尤其是有人自以為了解你，來告訴你，你應該怎麼如何過日子，平時要多閱讀誰誰誰的書，對你有好處。聽過以後，不是啼笑皆非，也不悲傷，更不恨他多事。
有人喜歡多事，那是他的事。
只是他還不了解，沒有人能夠真正的看到另外一個人的內裡。
我們也不會花時費神去了解別人。
生命中還有更重要的事要做。
人皆把自己看得最重要，自己以外的，一概輕忽。
了解或不，有什麼關係？日子總要過下去，總會過下去。

親切美滿的別離

因為寫生，到處去旅遊，足跡踏遍世界各地，認識很多朋友，不斷地經歷著相聚的愉悅與別離的愴惻，日本畫家東山魁夷如是詮釋生命中的分離：「說別離就別離了，這反而好，既感到親切，又顯得美滿。」

相聚是圓滿，所以滿懷快樂，到了離別時候，湧上來的哀傷往往如潮水般無可遏止；為何畫家的感受竟會與常人的不同呢？

每個人的生命中，不約而同總會歷經許多別離。

首次的分離最難以令人接受，無奈地含淚，心在分手的瞬息即刻碎裂成片，深刻地抽痛不已。然而一再地重複以後，漸漸覺悟這便是人世間的真相。

人與人一旦相會，接下來便是分開。

因緣聚會，因緣分散。唯一能做的，是珍惜寶愛相處的時光。因為幾乎所有美好的相聚，都無從掌握。良辰美景，永遠沒有例外，總是稍縱即逝。

分離後，如果能夠繼續充滿期盼，追求著相會的一天，永不絕望，或許這便是畫家感覺到親切又美滿的原因吧。

親愛的，你何時與我，永斷牽纏？

曾任北京師範大學中文系教授，博士生導師，中央文史研究館副館長，國家文物鑑定委員會主任委員，中國書法家協會名譽主席等職的啟功先生，他的學歷很多人都不相信，聽到以後就要吃驚，因為他中學尚未修畢。

喜歡啟功先生的書法，連帶的對寫他的文章格外留意，這才曉得先生在中年以後，身體健康頻頻出狀況。

不過，這位心胸豁達的書畫家對病魔的侵襲倒是坦然處之，就算在病中，還有心情作詩。

「痼疾多年除不掉，靈丹妙藥全無效。自恨老來成病號，不是泡，誰拿生命開玩笑。牽引頸椎新上吊，又加硬領脖間套。是否病魔還會鬧，天知道，今天且唱〈漁家傲〉。」

居然能夠把折磨人的病痛看得那麼通透，這是多麼不容易的事。平常人如我，一病就怨天尤人，彷彿生病是老天不公平，是別人陷害而並非自己的錯。明知病中若純粹只在氣憤慨懣，徒然加劇自己的痛苦。也許是推卸責任的心態，所有的怨懟不滿全放在其他人身上。

不過，每一件事反覆久了，漸漸也就懂得如何從容面對，生病亦如此，長期下來，變成習慣，最後竟將病當成一種訓練。起碼這些年來已經接受「人生無常」這份現實，並且時常提醒自己，每天早上睡醒以後，如果身體還好，走得動吃得下，那麼就珍惜這當下，趕快去做自己想做的事。

樂觀的啟功先生面對疾病的糾纏不清，不但不懼不怕，還能夠和病魔「談笑自若」，他在養病期間寫下這詩：「舊病重來，依樣葫蘆，地覆天翻。怪非觀珍寶，眼球震顫，未逢國色，魂魄拘攣。鄭重要求：「病魔足下：可否虛衷聽一言？親愛的，你何時與我，永斷牽纏？」

樂天的書畫家竟以開玩笑的筆墨寫病中詩，實在教人佩服，讀著念著，不禁要學習啟功先生，也向親愛的病魔請求，盼望在新的一年，與我永斷牽纏才好。

何不秉燭遊

曾經有過好幾年的失眠日子，痛苦到了極點。人明明累得快死掉，卻睡不下，一倚枕，腦子即時變得活躍不堪。生活裡的種種瑣事，過去和未來，讓我思前又想後。甚至包括小說創作裡的各個人物，不知道為何一起選擇這個時刻跳進我疲憊的腦袋，還在裡頭活潑地談笑風生，就是不讓我安靜地入眠。

那段時期，自認生活過得自在瀟灑。以為黑髮的自己即是表示年輕，白天不眠不休，積極工作，晚上十一點才又開始畫畫寫書法，每日努力奮鬥到凌晨兩點以後，不情不願的上床。

心中存著時不我予的焦慮，不敢再隨便浪費時間，分秒都珍惜寶愛，不捨白過。誰叫自己前些日子把時光揮霍得像萬貫大財主？

幸好遇到好朋友，他以經驗勸告，健康壞了，任何事也沒法繼續，包括寫作和畫畫，並以佛家的專心一意於眼前事「睡覺時候睡覺，吃飯時候吃飯」的故事救了我。

生活漸轉規律化，尤其不再隨便熬夜，時間一到，即刻上床。

好不容易逃離了失眠。

一天讀到這詩：「生年不滿百，常懷千歲憂，晝短苦夜長，何不秉燭遊，為樂當及時，何能待來茲。」

為了爭取快樂，睡覺時間到了，還拿著蠟燭去夜遊？

突然覺得再也無法和這位詩人起共鳴。

作家的傷害

當然謠言是一直在流傳的。

因為人和人之間永遠存在著誤解。

就算作家以文字書寫，仍然無法讓讀者對他更了解。

大部分時候作家並沒有刻意把自己透明化，誰也沒有那麼笨，也許不該說是笨，而是一種放心。

更正確的說法應該是害怕。

這個時代這個社會充滿變數，人和事無時無刻在轉變，一個認為已經了解作家的讀者，可能只是誤讀而已。

況且當作家把一篇作品呈現在讀者面前時，他其實已經走過那個階段，又跨步往前直行去。

沒有誰可以完全明白誰。

每個人在做每件事，當然有他的道理。你不是他，不會了解。那就無法對他寬容。

再說，閒言閒語是生活的重點，缺乏的話，日子彷彿無法落實。

「有人說你什麼什麼……」

總是有人說你什麼什麼，因為你活在一個群體的社會。

不過，這些都屬其他，一個作家最大的傷害，應該是無法寫作。

自言自語

把一九九一年諾貝爾文學得獎者哥迪默的短篇小說集《跳躍》借給他看。他在一天後還書，下評語：「都不知道在說什麼？」

再把捷克籍的作家亦是多次提名為諾貝爾文學獎候選人的米蘭昆德拉的《誘惑的金蘋果》借給他，早上拿給他，下午他就託人轉回來，那轉書的人轉了他的話：「他說不知道在說什麼？」

後來就想，東方人寫的作品，又是散文，肯定看得懂，於是，找出川端康成於一九六八年接受諾貝爾文學獎的演講辭《日本之美與我》交給他，他仍然還來同一句話：「不知道在說什麼？」

「不必再拿書借我。」他說：「作家都是在自言自語，不知道他們到底想說什麼？」

深想一層，所有的藝術創作，究其實，都是在自說自話。

你認為你看懂了，厲害嗎？事實上你僅看懂你的層次。你能夠領悟的，是你所了解的水平罷了，至於作家真正的涵義是否如此？誰也不知道。

自言自語的人也不介意你聽到或者聽不到。

自說自話

丹麥女作家狄金遜說：每天寫兩千字，不抱希望也不失望。任何藝術創作都應以如此的平常心來實踐。

患得患失，七上八下，一邊創作，一邊在忖想，賣得出嗎？有人要嗎？讀者喜歡嗎？要是沒人要的時候怎麼辦？

下意識中生出一種要討好讀者的心態。

創作原是思想的流露，當你一心蓄意討好，作品便無情地在文字當中揭露出來，有時效果適得其反。

只不過，每天寫兩千字，然後從來沒有機會發表，既無人閱讀，又無人知曉，成日忙碌寫寫寫，突然有一天，清醒，不知道還要不要繼續寫下去？

那些說根本不理他者，只顧自說自話的創作者，通常是有機會見報，而且見報率特高的人。

各自生活

有人教你怎麼寫文章。

真是太好了，要是這個人早些出現，在三十年前，或者是二十年前，都好。

可惜他腳步太慢，走到今天才姍姍來遲到眼前。

寫文章應當怎麼寫，內容要如何如何，文句要怎麼怎麼，平常要多讀多看誰誰誰的書，要向某某某學習，大馬作家某某某寫得最好，要模仿某某某，向他看齊。

朋友說你為何不生氣。

生活中有很多人喜歡當老師，因為他以為自己天天在過生活，了解生活是怎麼一回事。你文中的生活不符合他的，他讀了不順眼，忍不住要指教開導你。說起來，他也是一番好意呀。

他只是不太清楚，各人有各自的生活罷了。

你是誰？誰是你？

二十幾歲就寫出諾貝爾代表作《布登布魯克家族》的托瑪斯・曼，在他的中篇小說《托尼歐・克略格爾》裡，記錄他某次的親身經驗。某日他忘記帶護照和任何證件出門，半路遭到警察盤問：「請你把證件拿出來看看。」托瑪斯・曼拿出皮夾子，一看，趕緊道歉：「真對不起，我沒有帶證件。」作家報上自己的姓名和職業。

「真的嗎？」警察半信半疑：「讓我看看你的皮夾子有什麼？」

托瑪斯・曼把收在裡頭的自己的作品遞過去：「這是我的校稿。」

警察把稿子攤開在桌上，開始閱讀。作家指著文稿：「這是我的名字，稿子是我寫的，正要出版。」

「好，這就夠了。」站在警察旁邊的那位先生把稿子交還給他：「我們不能耽擱這位作家太久，車在等著，先生，請你原諒這點小麻煩，警察是在執行他們的任務。」作家於是被放行了。

在亞庇聽曾桂安校長講起他的親身經歷。

到郵局去拿掛號信，排了一個長隊才輪到他，他同職員說那信封上的名字是他，職員要他示出身份。他拿出身份證，職員依然不把信交給他，請他回去帶塑料印章來。

「到底那封信是寫給塑料印章還是寫給人的？」曾校長大笑：「真人在面前，無法拿到信，反倒要靠塑料印章來換取。」

看來作家比校長的地位更有力量。

你的美

大詩人濟慈說：「一件美的事物，永遠是一種快樂。」

是的。看見美，欣賞美，是一件快樂的事。生活中因為有美，所以有快樂。

但是，什麼是美？

這就回到每個人對美的認識。

你的美是你個人的，永遠不是他的，或者她的。

因為你是你。

因此你遇見你的標準的美，你就讚歎感動，甚至傾倒不能自已。別人也同樣看見你看見的你所謂的美得不得了的東西，但他毫無所動。

這不奇怪。

從前聽過一個故事，有人向農夫提到他屋前的海，說是十分美麗的風景，羨慕農夫住在風光明媚的海邊。農夫的回答是：「這海沒有什麼，倒是後院子裡的那個菜園還可以。」

目標不同，感覺不一樣。

我說得太囉嗦了，朱光潛早就在《談美》一文裡說得非常清楚：

「同樣一棵古松，落在木材商、植物學家和畫家的眼裡，將會得到三個不同的意象。木材商人馬上想到，這棵古松砍倒以後，可以換得多少錢？植物學家會走近去，仔細端詳它的葉子和毬果，判斷它的學名；畫家卻顧著觀賞它的虬勁姿態，然後思考著應該如何將它入畫。」

你看到的美，是哪一種？

七分人事三分天

畫家張大千，曾經說過：「從前的人說『三分人事七分天』，這句話我卻絕對反對，我以為應該反過來說『七分人事三分天』才對。」

他的意思是，無論你才氣多縱橫，不用功是看不見成績的。

法國藝術學院院士，華裔畫家朱德群，每天都畫畫。他在接受電視訪問時說：「一般六、七個小時，甚至八到十個小時。從早上九點左右開始，一點吃午餐，一點多又再開始，畫到晚上八、九點。」

一般朝九晚五的上班族，中間一個小時吃飯，每天工作不過八小時；而一個被令人羨慕的自由業畫家，聽起來一點也不自由，從早上做到晚上，總共工作一十個小時。

提到天才時，朱德群說：「真正的天才，天才的成分不多，是工作。」他對畫家的建議是：「你一定要畫，工作越多，感覺越廣，興趣更濃。」

事實上，大部分人從小學開始，就已經知道，所有的天才，都不單單憑恃才華就能成功。

「一分才氣，九分努力。」早就背得滾瓜爛熟。

可惜更多人和我一樣，都是沒有認真投入工作，卻又期望獲得一百分的偷懶取巧者。

真正愚不可言。

也不動腦筋想想：如果天才都不行，何況不是天才的自己？

說真實

最近看到一份調查報告，說是寫比說更加真實。聽起來好像果然真的是，再仔細一想，覺得充滿爭論性。

寫比說更加真實，是因為寫下來便是黑白記錄，大多數人不敢，更不會隨便胡亂下筆。寫的時候便要有所考慮、細心推敲，才讓思想變成文字。可是，用文字書寫，在文字的修飾上加工以後，寫的會比說的更加真實嗎？多少加了一些誇大的，或者刻意縮減的感覺或情緒吧？

說話時，尤其是毫無準備的對話，無法在遣字用字上做美化功夫，無論是什麼感想，人家一問，直爽的話即刻就流露出來，這樣，難道不會比較真實嗎？

偶有佳作

有的人以為藝術創作純屬偶然。

偶然會創出佳作。

是，沒錯。

卻又誤導一些人，以為從事藝術創作並不難，可以等待偶然。

尤其那些曾經偶然得了佳作的藝術家，更加堅持偶得可待。

若是如此，藝術家的地位就和成語故事《守株待兔》的農夫並列一起。

把藝術創作的難度看得像天一樣高，那未免高估了它。

若幻想它偶然可到手，卻又過於輕視它。

所有的成就，皆需長期付出努力和時間，其中包括藝術創作。

唯有踏實地往前走，時常拿出紮實的作品，收穫便是實實在在的。

老是盼望偶有佳作，那麼你不過是位副業藝術家，另有一說，是玩票性質的藝術創作者。

純粹的藝術家，每天動手，持之有恆，自律性強，而且，不是所有的作品皆屬佳作。

其餘文物

原本的目的地是南京博物院，半路見到「奉天門遺址石刻園」，毫不猶豫就下車買票進去。

有人旅遊當有非去不可的景點，有人不執著，隨緣亦有好。是意外在旅遊途中掉下來的景點，因此完全沒有資料，之前讀過的參考書籍根本沒有介紹。

春末的樹仍然異常漂亮，綠油油的，滿園皆是。一進園中，有一橫石上鐫刻著：

此處奉天殿南，東西長五八米，南北寬三十米。奉天門是皇帝接見大臣議事的地方，御門聽政之所。永樂年初，明成祖朱棣曾在此宴請過渤泥（今日汶萊）國王。原有建築早毀。此處現存文物中部分石基座的角柱，奉天門的須彌座和一兩個兩米見方的柱礎等是原奉天門的遺物，其餘文物……

其餘文物……，我不忍再讀下去，歲月流轉，流去的何只是人事，連堅固的建築也留不住。

陽光照耀著，涼風吹拂著，望著幾個角柱，數個須彌座，零零散散擺在草地上。
輝煌一時，最終保有的竟不過是殘垣破壁。
想一想，我們現在腳踏的草地，也許是當年汶萊國王曾經坐著吃飯的地方。
其餘文物……有什麼是不會過去的呢？

畫像

聊過幾次後，畫家說，我和你畫張像吧。
好啊。我笑著回答。但我沒時間坐在你面前讓你畫呀。
不需要。畫家說。
不多久，便收到畫像。
畫得真好。朋友讚賞，你是怎麼和他說的？
我什麼都沒有說。我說。
畫像，其實不需要告訴畫家怎麼畫。
因為他才是畫家，我不是。
而且，說實在的，畫家眼中的我，並不一定是我。
當然，也許畫家眼中的我，才是真的我。
全都沒關係，因為是或不是，不過只是這個時候的我罷了。
今天一定要比昨天都進步。每天都在努力。
畫像不管在什麼時候完成，都已經是過去的我。

出口的管道

遇到一個文章寫得好，作品的數量卻極少的作家。他淡淡地說：「少對我是好事。因為我只有在最痛苦的時候，才從事文學創作。」

作為一個朋友，應該為他的少寫而慶幸才是。

藝術創作，很多時候，都是在為心事尋找一個出口。所以才有畫家指著「旁人看見的，只是強烈衝突的顏色」的他的作品說：「我的心事，我的痛苦。」舉世聞名的「命運交響曲」、「悲愴交響曲」何嘗不是心事決堤的記載？

「若非如此，日子怎麼過下去？」

人生充滿不完美，靈魂往往被痛苦所困，藝術創作於是成為出走的方式之一。將眼淚抛灑在創作中，微笑才能在生活中繼續。

法國作家法蘭可伊絲・樂菲說：「寫作是為了抵抗生命中的失落，是一帖治療止痛的藥方。」

能夠找到出口的管道，是幸福的。

別來打擾我

創作第一部長篇《瓦伯索紀事》，就獲得美國全國圖書獎，而續集《瓦伯索醜聞》則榮獲霍威爾小說獎的約翰・契佛在接受訪問的時候說：「（當他要開始寫小說的時候），……我會對我的妻子瑪麗和孩子們說，『好吧，我動手了，別來打擾我。』……。」

聽了真是好生羨慕。

文學創作史上，優秀的男作家比女作家人數多、表現特出、成就高。不過，男作家其實沒資格驕傲。

數年前獲得一個獎，領獎時發言，在眾人面前，老實將自己每天不必為煮飯忙碌，因此可以把所有的時間用來讀書、寫作和繪畫的事實坦白，結果引起不少迴響。甚至有幾個女性作家若羨慕似嘲譏地為這句話在報上大作文章。

女權主義失敗在女性自己的手上。這是不爭的事實。女性打壓女性，無論在社會的哪個角落，頻頻可見。

我喜歡我的男性朋友林秋光。因為他說，我不要我的太太每天為三餐忙碌，如果她有其他方面的才華，為什麼要讓買菜煮飯洗衣壓制或埋沒？結果邱玲琦今天成為一個藝術家，無論水墨畫、油畫、壓克力，雕塑都做得非常出色。

一八四八年七月，在美國紐約塞尼卡福爾斯召開首屆女權大會，距今已有一百多年歷史，而蓄意綁在女性身上的各種約束的帶子依舊難以脫落。

希望多一些像林秋光那樣尊重女性的男性出現。來到新世紀的今天，如果女作家要動筆創作，對家裡的人說：「好吧，我動手了，別來打擾我。」這樣的話傳出去以後，不會再引發外頭其他女作家提出抗議或嘲笑的聲音。

到自然裡思考自然

梭羅因為一本《湖濱散記》，成了大名。這本散記他是到湖濱去居住，生活，把日子簡化到極簡，記錄下來的生活札記，成了書後，受到讚賞。對都市厭倦嚮往鄉居生活的人越來越多，而且是社會愈繁榮，愈進步，發展越向前，時代越科技化，鄉村化為夢中的美麗風景和愉悅生活，《湖濱散記》於是變成永遠的暢銷書。

因為嚮往自然，坐在自己家裡，閱讀《湖濱散記》，可是，梭羅在字裡行間，總是鼓勵大家到自然裡去思考自然。

有一句話最好：「我每天總要從門口漫步到湖邊去沉思，一天走了好幾趟，結果不到一個星期就踩出一條路來了。」這和魯迅說路是走出來的互相吻合。梭羅的主題在下一句：「我離開那裡已經有五六年了，那小路還清晰可見，可是，後人似乎覺得只有這條路才能通往湖邊。真奇怪，為什麼人們不試著走出自己的路呢？」

也許應該到自然裡去思考自然，才懂得走自己的路吧！

賣書上策

好好的醫生不做，卻改去寫小說，最後成了大作家的毛姆，最初的創作，出版後也沒銷路。這種坐冷板凳的遭遇正如每個初入門的作家。但充滿創意的毛姆卻想出一個好辦法。

他在報上刊登一則徵婚啟事：「本人溫柔體貼，英俊瀟灑，熱愛運動，家財萬貫，並且具有藝術天分，今誠徵類似毛姆小說裡所寫的女主角為終身伴侶。」過沒多久，他的小說果然被搶購一空。

無獨有偶，台灣詩人出版詩集，詩的讀者群是最小眾的，怎麼推都賣不出去，結果他跑到電影院去要求廣播：「某某某，你的詩集已經出版了，請你馬上去拿印好的書。」

台灣詩人說：「沒錢登廣告，只好出此下策。」

可是，這不但不算下策，還給其他作家衍生靈感。

下一本書，已經知道應該怎麼做。

向名氣低頭

吉尼斯記錄上，世界最暢銷的小說作家是個女的，名叫芭芭拉・卡特蘭。她是愛情小說名家，不知道對愛情是否有深入研究？不過，她創作的愛情小說卻在世界各地售出超過億本。

小說銷路令許多作家望塵莫及的芭芭拉，在一九六〇年已經出版過三五十本書，銷量超過三億五千本。因為不時聽到年輕作家同她埋怨出書的困難，所以決定做一個試驗。

芭芭拉把自己的小說新作寄到出版社，沒有署上芭芭拉・卡特蘭的名字。結果一再被退稿。這本小說在等待中流浪，一個出版社編者說像這樣的一本書，不可能有銷路；一個叫她重寫過然後再作考慮；另一個還寫信給她建議，要她改動裡邊的數段情節。結果繞繞轉轉地兩年過去，小說依然找不到「愛的歸宿」。

一九六二年，芭芭拉・卡特蘭做了一個重要的決定，她那個時候已經明白新生作家並沒有對她撒謊，而且她的試驗尚無效果。於是她把那本沒人要的小說，印刷出版，並署上她火紅的名字：芭芭拉・卡特蘭。這本後來被翻譯成三十多國文字的小說是《愛的翅膀》，高踞暢銷書排行榜第一名許多年都沒被刷下來。

不能說編者沒有慧眼，藝術的標準根本就不一致。大美術史家貢布理希布素說：「我不相信純真之眼，如果誰給我看一幅畫說：『這是我十二歲的兒子畫的。』或『這是丟勒畫的。』我的態度就會截然不同。」

人往往容易服膺在名氣之下。尤其在藝術創作上，名氣扮演著超乎重要的角色，要不然，文化圈中也不會出現所謂的活動家，平日作品少見，照片常見，新聞時時見，而風頭很健。

哪一顆星？

一個住在東馬的臺灣籍女編者告訴我，她絕對不讓孩子當作家。她說她受夠了那些所謂青年作家的氣。

「自以為自己是才華橫溢，行事怪裡怪氣，自我主義，平日自視過高，看人是泥土，自己是寶石。」而且「成天自覺懷才不遇，人人都不順眼，永遠覺得沒有人瞭解他，把其他人皆歸類為俗夫，唯自己一個是氣質特別與眾不同。」

「最糟的是，事事以自己為中心，別人一點不依順，馬上使性子耍脾氣。」她搖頭說，「有時候真想問問那位青年才俊，你到底是天上的哪一顆星呀？」

真是星星，掉在地上，也沾了塵呀。

平時她說話並非如此刻薄，相信她是真的非常生氣。

《四方律》朋友

讀到鑒真和尚的《四方律》：「施捨難捨的，辦難辦的，忍難忍的，密語不與他人語的，遭苦不捨，不輕貧賤，才是真正的朋友。」

自己要的，很自然便據為己有，怎麼捨得拿出去施捨？避重就輕是現代人辦事真理。當人們看見兩個放在一起的行李，一重一輕，沒人自動選擇去提起又沉又重的那個。

不能忍的，繼續容忍，完全的困難。心上插刀之痛楚，沒人願意忍受。唯有偉人才肯忍辱負重。成為偉人的路崎嶇曲折，比上蜀道還困難，大家都繞道而行，避之則吉。

不要告訴我你的秘密，我也不想知道。言談時並非故意要洩露，談笑間無意且容易地，就會把你提醒不要告訴人的秘密說出來。

大難各自飛，卑視貧賤，是今人交友秘訣。同甘分享，當然好；共苦要我分擔？不不不，你自己去捱好了。

若要照鑒真和尚所言，身邊是連一個朋友都沒有。

不過，鑒真和尚真正的涵意，也許是要我們自己成為《四方律》裡的那個人，學習做別人的真正朋友。

失敗的開始

一八九三年十一月，俄國的沙皇亞歷山大三世接到柴可夫斯基逝世的消息，感歎地說：「俄國有那麼多人，偏偏死了柴可夫斯基。」

這是一句非常崇高的榮譽。

不過，當柴可夫斯基的《羅密歐與茱麗葉》序曲首次公開演出時，沒有獲得讚賞。由他譜曲的《天鵝湖》於首演時同樣是失敗的開始。他的另一首今天仍然讓人百聽不厭的《降b小調第一鋼琴協奏曲》在剛奏完第一樂章時，當年的莫斯科音樂學院院長尼古拉・魯賓斯坦認為這是一部毫無價值、粗俗不堪、無法演奏的作品。但是，這首《第一鋼琴協奏曲》雖然被原來非常欣賞柴可夫斯基的大師和知心好友魯賓斯坦稱為爛透了的作品，在美國波士頓演出時卻大受歡迎。

朋友告訴我她的作品不被人接受，甚至還聽到惡評和攻擊，令她感受挫折和哀傷的時候，我告訴她這個真實的故事。

失敗是成功之母，因此失敗的開始，帶來美好的結果不會是意外的事。

寶物的信

在一篇日本作家的散文裡讀到：

我的媽媽把爸爸寫給她的信，保存在漂亮的紅漆箱子裡，媽媽經常對我說：「這是我的寶物喔，如果發生火災，房屋所有權書在這裡，印鑒在這裡，你拿了就逃跑，媽媽則要拿這個逃跑。」把過去的已經泛黃的信件收藏起來當成寶物。今天的年輕孩子聽到，感覺是不可思議的。科技發達以後，人們進入電腦時代。從此，信，變成是通過電腦寄出來的電郵函件。當人們讀過以後，用手一按鈕，無論內容多麼精彩，或者感人肺腑的來信，在頃刻間就被銷毀掉，消失得一乾二淨，唯有這樣，才能夠有足夠的空間容納將要發進來的新的信件。

如今已經進入二十一世紀，也許再也沒有機會見到親筆手寫的信了吧？這樣一想，日本作家散文裡的爸爸手寫的信，更是珍貴的寶物。

尋覓者

當我看到有人問米開朗基羅「『你怎麼能把雕像塑造得如此生動？有沒有什麼秘訣呢？』然後米開朗基羅回答『雕像原本就在，我只是把它從石頭中釋放出來罷了。』」

恍然大悟的我終於明白，早年聽一個詩人說「詩是神的語言，它本來就存在，詩人只是把它找出來罷了」。

原來藝術正是如此。

它本來存在，缺乏的是釋放它、找它出來的人而已。

藝術家窮其一生，用種種手段、方法和技巧，不過是成為一個尋覓者。

塵滿面

我告訴幫忙我打理家務事的印度女人，今天一定要清除布滿書架和書本上的灰塵，因為有一個遠方的朋友即將來訪。

許多年前，遠方的朋友曾經與我說過：「我最恨看見書在書架上落滿灰塵。」這是多麼不容易做到的事。

愛書人有藏書癖。凡見所愛之書，不買回來藏，似乎不放心。好書流落在外，不免感傷。朋友卻有不同想法：「讀書比藏書重要。」他也買書，不過在閱畢後，隨手送給當時在身邊的朋友。我就接收過他的書。

他出門因此步伐瀟灑自在無礙。一路走一路買書，一路看一路送掉，回到家，手上雖無書，已經收藏一肚子的學問。

分明應該向他學習，可惜道行不夠深，一見喜歡的書，擁有的欲望不由自主湧上來，不離去。惡果是一間屋裡有幾間書房，而書架與書上永遠有灰塵相伴。只能夠在他來的時候，讓書滿面的塵霜起碼消失一兩天。然後書的主人，帶一顆慚愧的心和朋友相見。

幻想讀書

聽說讀書，大家都覺得害怕。不過，卻又發現到處都在成立讀書會。很多讀書會的設立往往是開頭很火紅，熱滾滾一陣，大約兩三個月後，就無法繼續維持下去，最後的結果是銷聲匿跡。

讀書會夭折的原因究竟出在哪裡？

有人說是主導人能力太差，有人說大家生活太忙碌，有人說是……，種種原因不一而足。

無論是什麼理由，都不能阻止讀書會壽終正寢，走上關閉的命運。

人人都有求知欲，也很盼想自己成為一個優雅的讀書人。不然也不會出現附庸風雅這成語。但是，每天用功讀書，聽著不難，真正要長期抱書而眠，恐怕還是不容易辦到的事。

有心要成立或者參加讀書會的人，應該聽一聽美國作家約翰生說的話：「一個人看書應該以自己的興致為主，如果他把看書當成一種作業，對他不會有什麼好處。」

要培養讀書的習慣，從選擇自己有興趣的書開始，只有以自己興致為主，讀書才會充滿樂趣和吸引力。

跟著別人去讀書，或者以為參加讀書會就會變成一個讀書人，這些不實際的想法，純粹是一份幻想。

強扭的瓜

有人問為何鼓勵孩子寫作。

事實上是環境因素。

家裡沒有別的，唯書滿為患，孩子每天睜開眼睛，看見的是一屋子的書。

人家有錢也許換家俬，可能買全新的大電視，或者來一套卡拉OK為生活增添美妙的歌聲，甚至乾脆裝修個麻將房等等。比較之下，如果要美名，我們家就叫樸實無華。樓上樓下，廳裡梯間，伸手即可得的是書。

書籍成為孩子們日常的生活伴侶。

愛書不一定要寫作，閱讀比寫作高明。靜靜地默默地讀，人在書本的後面，凡在後面，不露臉，就不易讓人看見。

開始寫作，作品且有機會發表，嘲譏之聲跟在後面來。

「全家都來寫作，走同一條路，看不到其他風景的。最理想的是一家人從事不同行業，士農工商都涉及，才叫做精彩。」

是是是，這話真有道理，全家人只懂閱讀，寫作，賺錢的快樂其他行業的光明面究竟是怎麼樣的，一家四口居然全體皆不曾體會。想起來也真的是太閉塞。

世間上並非僅有讀書寫作，為何那麼傻？想一想，善意的勸告是應該接受的。

於是開家庭會議，打算叫其中一人去學習其他賺錢行業。

可惜無人感覺興趣。

「你自己去好了，我們就是喜歡讀書和寫作。」他們大笑建議，選擇繼續堅持。

不聽話的孩子，父母有時候也沒有其他辦法。今天亦無法以傳統所謂的孝道來令他們改變他們的快樂。

孩子且嘲笑：「奇怪今日仍然有人要你跟他走同一條路線，要是你喜歡轉另一條道，他便替你覺得你錯了。」

家中向來崇尚自由，對於成年的孩子，又不想強迫。強扭的瓜不甜呀。

唉，只好任由他們去寫作了。

快樂不讀書

讀書人老是自以為比別人強一點高一些。總聽他們抱怨別人不讀書，不上進，沒水平等等。

有時看那些從來不讀一本書的人，他們其實並沒有覺得生命比其他愛書人弱一點低一些，反而生活彷彿更愉快的樣子。

讀書人多看幾本讀物，想得太多，有時候還鑽牛角尖。對很多大小事，事事看不過眼，偏偏書生只懂讀書，社會大小事皆毫無作為，無力感日益沉重，生活便生出無數的怨懟和不悅。

讀書可以是一種嗜好，但不該因此而輕視不讀書的人。說損失，那只是感覺。當不愛書的人不以為自己有所損失，那麼他們就沒有任何損失。

你愛讀書，讀你的書去罷，不需為不愛讀書的人們慨歎。他們的日子比你的，快樂不知多少倍。強要他們讀書，才是他們不快樂的根源。

怕閒

有人問：為什麼寫作？

這是問題嗎？

這有問題嗎？為什麼寫作？

從來沒有想過。就是寫。

普普藝術大師安迪·沃荷聽到有人問他：「為什麼畫畫？」

他閒閒地回答：「只是別讓自己在街頭閒著。」

是。非得寫，要不然，日子怎麼忙碌起來？

不希望被這問題糾纏。仍舊會繼續寫，到無法再書寫為止。

閒是古代高雅人的追求，現代人，一邊喊忙碌，一邊，事實上，都極其害怕騷擾得令人恐慌和出現焦慮的閒。

思考的書桌

朋友到德國去看歌德的故居，回來告訴我，歌德有兩張書桌。

《少年維特之煩惱》的強烈感染力使到失戀的讀者讀過以後，竟然也跟著書中主角一起去自殺；至於長詩《浮士德》，不必多加介紹，凡是作家都應該閱讀，雖然讀完了是否完全明白，是另一回事。

一個作家擁有兩張書桌令我很好奇，書桌的多寡縱然不能代表作品的好壞，但歌德之所以成為著名的歌德，是不是因為比別人多出一張書桌？

歌德的一張書桌是創作時候用的，配有椅子，至於另一張桌子，高及肩膀而沒有配上椅子。

朋友要我猜猜那麼高的書桌怎麼用？我想半天也無法回答。她很高興我不懂，因為她當時也猜不到。後來是聽導遊解釋，原來那張特高的桌子，歌德是思考的時候用的。由於歌德認為，思考的時候人不可以太過舒服，要站著，故沒椅子配套。

哦，恍然大悟，文章不好，原來是缺了一張站著思考的桌子，下次不可坐太久。

無用

要我去談文學有什麼用。

老實說話，無用。

所有的藝術全是無用。

埋頭寫寫寫，把心事故事化為文字，或發表於報刊雜誌或印刷成書，會有何用？發表的文字越多，即是見報率益高，先莫快樂，如羅琳小姐，《哈利波特》大暢銷的時候，有人代環保份子罵她的書印得太多，迫害樹木被快速砍伐，地球快要因她的暢銷書而污染得更嚴重了。

其他如繪畫音樂等，和文學創作一樣，毫無經濟效益。尤其提到社會上的經濟建設更是叫諸藝術創作者垂頭喪氣，根本抬不起頭來。

女兒告訴我，小提琴家艾薩史頓說：「我們學習音樂不是為了當音樂家，而是學習文化。」

親友們同情我，為愛女兒，寧願花錢讓她學習無用的音樂。

當時一心傻傻地想，有了文化，可將自己從平庸的生活中抽離出來。單是想想，也快樂得很。

眾多親友說的有用，通常僅指賺錢，賺多多錢，越多才越有用。

但是，優質生活在生命中是多麼重要，我們在世上生活最長的時間，再長想來也不會超越一百年。

當然當然，各人自有各人的想法。

自由社會，無法強逼，有用或無用皆無所謂，各人皆可擇自己所想所好，各有各精彩。

永遠的缺失

記者問埃斯金・卡德威爾：「你在寫作時有什麼迷信嗎？」

著作已經譯成近四十種語言，共銷了八千萬冊，被人稱為二十世紀擁有最多的讀者的文壇人物之一的作家說：「我的房間裡有一塊紅地毯，我不論搬到哪兒住，我都帶著這塊地毯。我把它保持得很好。我們現在就坐在這上面，為什麼在這裡？因為這是我生活的一部分。早期我生活在寒冷和地板開裂的房間裡。因此我一有錢就買了這塊紅地毯。當時並決定以後到哪裡就把它帶到哪裡。」

年輕大學畢業生工作以後，開始領薪水，每個月的收入都花得清光，因為：「從前我想要的東西，現在才有能力購買。」所以他盡情地花錢。至於那些東西是否需要？

不是。他說。只是想買而已。

他缺少的是花錢的樂趣而不是需要的東西。

有些缺失最後終於獲得滿足，然而，如果一顆心，長期充滿怨尤和憤懣，那麼無論花多少錢，都是永遠的缺失，甚至窮其一生也無法彌補。

永遠的距離

數年前一個朋友問我，為什麼一直鼓勵朋友寫文章。

對呀，為什麼？我才發覺原來自己有毛病。

因為生命中的各種好處全得自文學創作，於是，一有機會，便極力遊說喜歡文學的朋友都來加入創作陣容。

中學時期，好幾個同學寫得比我更出色，表現更突出，可惜到後來，一個一個走進社會叢林就紛紛遊離文學大海，後來竟只剩下我一個人在獨自泅游。心裡生出一種被遺棄的悲傷。社會對文學的反應那樣冷淡，以致於人人都不得不選擇離開嗎？

想起來確實悲慘，有份報紙到今天，二十一世紀，還在付給一千字馬幣十元的稿費，叫寫作人如何把筆繼續握下去？寫足一千字，連星巴克咖啡一杯也付不起。假如改由電腦創作的話，要寫多少字才足夠購買一台電腦？

一次遇老友，問她為何越寫越少，她說已經改寫其他小報報導。心中替她惋惜。女性寫作者，吃虧在於她的性別，無論婚前寫得多優秀傑出，一旦有了家庭孩子，大都被迫擱下筆，洗衣燒飯理房子，或者到外頭工作之外回到家裡還得應付一大堆煩瑣家務。熱心地勸告朋友，你既有時間，不要放棄文學創作呀。朋友先是白了一眼，然後冷冷地道：「你知道我現在的稿費收入嗎？比你高得多，況且我喜歡寫小報報導呀。」

突然明白熱臉孔去貼冷屁股的感覺。女兒告訴我這在廣東話叫「你吹咩？」年紀漸漸大了，終於明白人和人之間永遠有距離，每個人有不同的選擇，為了種種原因。你不能因為自己喜歡，就盼望所有的朋友都走進來，當你的同伴。

寂寞，哦，那是另一回事。

沉重的完美

比利時布魯塞爾黃金廣場上的市政廳，是一幢以高聳哥德式尖塔為中心並在兩邊伸展出左右雙翼的典雅大廈。當建築工作進行到最後，建築師突然發現尖塔兩翼的寬度竟然不一致，顯露出左右兩邊的不對稱和不平衡時，想要修改卻已經不可能，於是，當大廈完工時，建築師因為不能忍受作品的「瑕疵」而自殺了！

看到這樣一則真實故事，不禁陷入深深的沉思。

為了追求完美，不惜以生命做為代價。你不能夠說他是傻子，也不可以下定論，認為他這樣做是對，或錯。

每個人心裡都有個天秤，一切是否值得，只看個人的選擇。

有人覺得生命很重要，有人堅持完美比生命更加重要。所以他選擇完美，放棄生命。當你看他這樣做是「輕生」時，他自己並不覺得是。

只不過，你的輕於鴻毛對他是重於泰山，如此而已。

生活在別處

有一個作家說，畫家是一個「生活在別處」的人。那是源自十九世紀法國象徵主義詩人蘭波的詩句。

其實作家也應該是如此。

當你身陷在某種生活裡，你就很難去刻劃你生活中的生活。我的意思是，藝術創作固然非常主觀，但當你不夠客觀時，你無法理性地去以感性來表達。創作時有需要把自己抽離現場，就算是現場寫生也如是，聽起來似乎充滿玄妙，甚至有點莫名其妙，而且難以辦到，叫已經人在其中的人，不要在其中，作品卻要刻劃其中。

當我多年前在香港看到一個生長在俄國，名叫夏卡爾的猶太畫家，這位後期表現派的中心人物，把女人畫在半空飄浮，在地上的男人的手依依不放地牽引著她時，彳亍在藝術館裡的腳步一邊越來越不捨地緩慢下來，一邊馬上就愛上他了。和朋友提起，他微笑：「你們這些藝術創作者，都是一群愛做白日夢的人。」

也許他說得沒錯。

後來重看自己的文章和圖畫，終於明了為何一直做得不夠好。因為總是過於現實地「生活在這裡」。

浪漫情愫

無論是以文學、音樂和繪畫表現，我們都以為沒有背負沉重痛苦和悲劇情懷便不會成就好的藝術作品。

當我們看見莎士比亞、貝多芬和梵谷，我們更堅定地以為凡輕鬆、愉快和美麗的，皆經不起歲月的沉澱。

於是，妄想成為藝術創作者的人，無時無刻把自己沉浸在淒愴悲苦的圈子裡，繞著，走不出來，不願意走出來。

藝術表現的是人生，是生活，嚴肅面對生活，藝術裡全是嚴肅。

生活裡已經有太多的嚴肅，只有藝術，可以為生活加入一點浪漫的情愫。加一點吧，起碼。

生活的現實已經沉重得令人難以負荷。

速度

寫作的速度是無法很快的。即使以電腦打字也一樣。但是，有寫作和無寫作的人彷彿都不太明白。一見到有文章發表，相遇時就笑（極曖昧式的）：「你寫得很快呀。」

叫一個人每天什麼也不做，就坐在電腦前寫它五、六個小時，一天也許可以寫三千字，不過，加上修改再修改，甚至三改四改也是普通平常的事，三天才僅只能夠定稿五千字，這樣的速度應該叫做快或慢？

老花眼嚴重地加深，那速度很快我倒是明白。每次見驗眼師，他說：「你是從事什麼行業的？你的老花眼的度數比你的年齡多出太多。」

這話可堪安慰些，很願意接受，困為彷彿只是眼睛老而已，人，還未老。

非常幸福

《進化論》的作者達爾文在自傳中說：「假如我能重新度過此生，我一定不要忘記，至少每星期讀一些美的詩句，欣賞一些美的音樂，使我單調的頭腦，平凡的心靈，獲得滋潤，回覆自然之美。如果喪失了它，就等於是幸福的喪失。」

讀到這裡，我蓋上書，閉上眼，努力去感覺自己的「非常幸福」。

由於是在家中工作，平時毋需捲入人事的糾紛。因為需要的不多，欲望也不高，因此也不必被多餘的物質勞役。

這樣我就每天都有時間閱讀一些美的詩句，也有機會欣賞一些美的音樂。

從前卻不曉得，這樣的生活是令達爾文羨慕的好日子。知道以後，益發珍惜，更加得意，連快樂也增值了。

走投無路才讀書

一九〇七年三月二十日於《費加洛報》，發表一篇寫〈追憶逝水年華〉的作家普魯斯特的隨筆：「因為傳染病的流行，書藉便找到了它們的男女讀者。人們無法出門訪客時，大家寧可在家裡接待客人，而在決定閱讀之前，大家依然試圖交談──在打電話，直到真的無法出門，無法接待訪客，接線生又接不通電話，大家都到了走投無路時，才閉上嘴巴，打開書本。傳染病流行使走投無路的日子來臨，迫不得已大家只好來讀書。」

魯迅感慨過：「無聊才讀書。」

可見閱讀不是容易培養的興趣。

書太靜態。悄悄地擱著在書架上，不呼喊不叫囂不擺動，引不起平常人的注意。所以大家在無奈、無聊、或走投無路、迫不得已的情形下，才會想起，如果手上有一本書，起碼可以打發時間。

時常有人搖頭歎息，針對新一代的孩子只愛看電視、玩電腦、打電子遊戲等等不以為然，好像舊生代對閱讀會比較感興趣，然而，照一九〇七年發表的隨筆看來，新世紀或上世紀，差別不大，一般人都不喜歡閱讀。雖然大家都清楚閱讀的好處。

蒙馬特遺書

在巴黎參觀過著名的聖心堂，往邊門的小巷向左拐，就是奇異的蒙馬特。說這是一個奇特的地方，是由於聖心堂是神聖的教堂，而令人意料之外的是，以豔舞聞名世界的紅磨坊卻也在這附近不遠。

我們打算在這山區繞一圈，短短一兩個小時內，也許無法瞭解它到底具有何等的魅力，不過，起碼可以稍為感覺一下蒙馬特的藝術氣氛究竟有多濃厚，足以讓來自世界各地許多藝術家聚集在此而捨不得離開。

認識蒙馬特，是在一九九五年，從《聯合文學》裡讀到臺灣年輕女作家邱妙津在巴黎自殺身亡的消息。第一三一期的《聯合文學》為這位具有藝術才華的她特別製作一個專輯，其中一篇她的遺作《蒙馬特殘簡》，讓我驚詫的是邱不到三十歲的年輕和縱橫的才氣，因而將蒙馬特這地方深刻地印在腦海裡。

無法想像卻是現實，夏天的風居然是寒森森的。徐徐一路走過去，街道兩旁經營的皆是小畫廊、小書店、小咖啡屋和旅遊紀念品商店。在街巷裡徘徊著的，是數不清的未成名畫家，起碼超過一百個。從外表看，他們的年紀相差很大，大約自二十多到六十多歲。一見遊客經過，手捧著畫板畫紙和筆的畫家趨前來禮貌地問：

「請問要畫像嗎？」你搖頭，他們也不繼續糾纏，只是你一路行去，你得不斷搖頭示意，因為一個畫家走了，另一個畫家又跟著上來。

目光偶爾被擺在門口的某幅畫吸引，踅進畫廊，小小的店面，牆上地上擺著的全是藝術作品，大大小小，媒介不一，框好在玻璃裡邊，或根本沒入框單就一塊畫布的，畫面或濃豔或清淡，既有創作也有仿製品，名家和新秀齊列，就看觀光客的眼光和水準，價格高低也相差甚遠，任由顧客的喜好和能力挑選。咖啡屋亦是小小的一間，桌椅大多擺在戶外。奇怪的是，它們的椅子是一排一排完全對外的，像在看電影一樣。不像我們這裡，是椅子繞個圈圍著，中間才是桌子，擺設的方式像在縱容客人聊天。而蒙馬特街邊的咖啡屋，是讓坐下的客人邊喝咖啡邊觀賞風景的。

我們在街巷裡轉來繞去，路過許多古老建築物，應該都有百年以上的歷史。經過歲月的滄桑洗禮，顯露出古樸典雅的風韻。陽光明媚，樹影綽約，每一個街角轉折處都是一道新風景，也許是從容緩慢的步伐，可能是兩邊秀氣雅致的小店和古老斑駁的建築，感覺自己本來粗糙的氣質彷彿也隨著一種悠閒恬逸的心情變得優雅起來。

這麼美麗的地方，邱妙津卻選擇離開，寧願到另一個我們無從想像的世界，相信她當時心中的非常痛苦，一定是達到了無法忍受的程度。

人一生都在尋覓，找的是自己沒有的東西，而我們始終缺乏的到底是什麼？在這個世界上，平時彼此縱然多麼親愛都好，沒有誰能夠瞭解誰。這是一個事實，也是一個現實。我們都要有這份心理準備，然後好好地把日子過下去。

在亮麗的陽光下禁不住歎息，覺得很惆悵，因為那麼年輕的生命。

在《蒙馬特殘簡》裡，邱妙津用這一段文字記述她的心情，「如果一個人的意志想要放棄任何重要的東西，甚至要放棄他自己的生命，那也是因為他不要他所擁有的東西，他不要他所擁有的那種生命，他要拒絕，因為他是個人，他有尊嚴，他能不要某種他不要的東西。」

這是她的遺書嗎？

夏天的風吹起了我的圍巾，天氣彷彿更涼了些，卻沒有人回答。

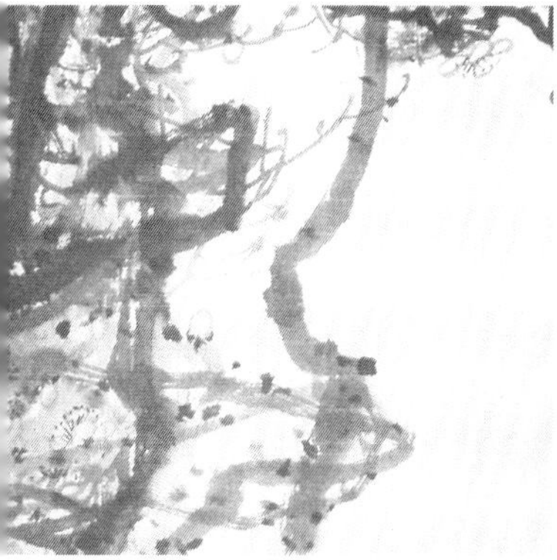

自說萬象

白髮人士

今天的白髮人士真有福氣。誰也不會知道你是白髮的。喜歡什麼色彩都有得選擇。突兀之極也沒關係，只要你自己感覺受得了就可以了。

見人一頭金髮便不屑：哼，想當洋人呀。這個時代已經過去了。如今年輕人的頭髮，簡直像自家在開染坊。要出門，可將全身扮成同一色系，從頭到腳是一個色彩，只要你願意。其他人要介意，不必管他們。這是自由人權社會的好處。

從前的白髮人士怕人知曉，一見有片白，趕緊染上黑色，如今上黑色，還給人笑真老土兼落伍，就算帶一頭真的黑髮走出來也讓人笑你太過時，因為潮流時興為頭髮換色。

和一個來自日本的朋友聊天，問他，「在東京市區裡走一趟，發現日本年輕人全把頭髮染得五彩繽紛，幾乎沒有人的頭髮是原生的黑色，他們的家長不會反對嗎？」

日本的朋友笑著說：「他們的家長自己才忙呢！」

「忙什麼呢？」

「忙著在選擇，今天看要染什麼顏色的頭髮呀！」

現代城裡也許有老人，但已經沒有白髮人士。

獨享

到了中年，各人身上各有幾處傷痕。其中傷口程度有多長多深，復原情況和速度多難多慢，只有自己才知道。

應酬時候，聽到表面的關心話語，其實無法加速癒復。因為深深明白那並非真心關懷，不過是隨口詢問，或無話題下的閒聊，甚至聽到有的人還附送不悅耳的評語。

不要為此感傷，因為，你的傷痕是你自己的。

當你擁有很多外在資產，比如金錢和產業，你都緊緊地擁抱著，不放手不分一點出去。物質的一切你可不願意隨便送人分享，然而，當你受了傷，對於你自己的傷痛，你卻開始期望別人來與你分擔。

世間上哪有這種好事？

算了吧。

獨處

喜歡一個人，也許個性是孤僻的。

時常有人電話來邀約，出來喝茶，聊天。

不是不愛熱鬧，怕的是無聊。

無聊時候有人愛聊。魯迅卻說無聊才讀書，若是都聽他的勸告，就沒有無聊的人。

一個人的時候，讀書最適合。因為「當你獨處，並不是單純地離群索居，你是和你的自我在一起，所有的你合而為一——你和自己的精神、本質相結合，你與自我回歸為一體。」這樣的情況下，讀了書才能夠細細思考。

一個人，是孤獨，但不是寂寞。

玩笑

有一天，萬不得已，坐上一輛計程車。單身女性，除非無奈，不然不敢上計程車。新聞報導令人越聽越看越害怕。雖然依舊相信這世間好人多過壞人，可是萬事總有萬一呀。

時代變成這樣，真不知是誰的錯。

車上的收音機開著，正好是報告新聞時間，新聞報告員提到某部長，計程車司機這時冷哼一聲說：「這個部長是我的小學同學。」

望著司機的背，寬闊厚實，頭的中間禿了一小塊，不過後腦黑白交雜的頭髮算是多的。這樣的人不會做壞事吧。心裡充滿疑惑。

他繼續說話，彷彿自言自語：「在學校裡，平時功課不出色，成績比我還差多了，但小小年紀就很狡猾倒是真的。」語氣有一絲氣憤。

大家是小學同學，為什麼一個長大以後成了計程車司機，另一個卻是一個部長？要寫成小說的話，這中間有一大段的故事，倒很好編撰。

自認老實而功課優秀的人，成長以後去開計程車，在他眼中狡猾而成績劣等的同學卻成為部長級人物，是誰在開玩笑呢？

玫瑰或刺

無論看誰，包括不喜歡的人，都注意那朵盛放的玫瑰，不要把目光的焦點對準枝幹上尖尖的利刺。

這樣寬闊的胸懷，要經過歲月的淘洗，歷經時光的磨練，才能夠培養出來的。也有那不願意妥協的朋友，他說，明明有刺，為什麼看不得？

人和玫瑰其實一樣，沒有十全十美。當玫瑰花綻開時，它枝幹上的刺照樣刺眼扎人。

接受玫瑰時，拎著它的枝幹的手小心些，而那朵花盛放的美，難道仍不足以讓你愛上它嗎？

苛求的是完美，同時可稱之為挑剔，那卻是給你的生命帶來許多痛苦和難以容忍的悲傷。

想一想，如果你是玫瑰，那麼你是花還是它的枝幹？

我們都以為自己是盛放的玫瑰，才會那般執著地討厭那些扎得人很疼的刺。

琉璃火光

閒讀《講義》雜誌，內有一篇轉載余秋雨寫的《琉璃》。

楊惠姍和張毅有個機緣得到了一件漢代的琉璃。誰都明白這是多麼難得的機遇。於是，他們無比小心，輕輕拂擦蒙在外邊的泥垢，恭敬地捧在手上仔細端詳，就在這一刻，只聽得喀嗒一聲，兩千多年前的琉璃斷裂了。

這是多麼惆悵多麼傷痛的意外。不只是一件古董的破碎，而是楊惠姍和張毅，他們才是真正懂得愛惜它，欣賞它的人呀。偏偏漢琉璃就在他們手上斷裂了。

文章讀到這裡，我闔上書，想起了三生石的傳說。

據說人人心中都有一塊三生石。我們和有緣的人相遇，就是三生石上的舊靈魂互相碰擊而發出了閃亮的火光。

漢代的琉璃，現代的楊惠姍和張毅，這個故事，讓我們明白，世間真的有緣份這回事。當舊靈魂互相碰擊的時刻，發出閃亮火光的時刻，等待了兩千多年，尋覓到知音的琉璃，終於放心地斷裂了去。

真假

面對好風景，我們忍不住讚賞，嘩，真美麗，多像一幅圖畫。

觀賞一幅美麗的圖畫，我們感動地說，哇！很漂亮，像真的山水。

都是不自覺的情不自禁衝口而出。

認真想一想，豈不太奇怪了？

為什麼真的出現在面前，我們會感覺它像假的？

當假的擺在眼前時，我們反而又說它像真的。

人們平日在真假之中生活，而且已經習慣把真和假混淆不清。

大多數人不分真假地過日子，漸漸地也毫不介意真或假，一切不過是短暫的，不經久的，包括用錢可以買到的東西，或花了很多錢也買不到的感情。

笨的我

年輕朋友被人罵是笨蛋。心有不甘，向我投訴。笨，其實也不必生氣。

人要是知道自己笨，比較甘願努力進取，好過自恃聰明，然後不求上進。承認自己是笨的，那就會心平氣和去做笨功夫，一步一步慢慢來，有人嫌你，會不會太慢呀，你就回答，我很笨的，請你原諒啦。

一般人可能不能容忍笨人，但會原諒，同情他比你笨呀。事事比人慢，因為笨，也可理直氣壯。

無論什麼事做錯，或是學習進度慢半拍，也不會焦急，想一想，自己本來就是笨的嘛，期待自然降低一點，偶爾有大進步的時候，會快樂得飛起。因為發現：原來自己還是聰明的。哈哈。

享受等待

人的一生，花在等待的時間太長了。從出生開始，一生人都在等。等長大，等成人，等結婚，等孩子出生，等孩子長大，等孩子結婚，等孫子出生，然後發現，等呀等的，怎麼竟然等到老了？

既然人生需要等，那麼在等待的過程時，就要學會好好掌握，不要隨便浪費等待的光陰。

等待令人不耐煩。尤其對於急性子的人，跟著等待而來的往往是生氣。因此在排車龍時，出現了路霸。那是一個覺得只有自己的時間才是最重要的人。

曾經讀過一個等待的故事。

一個性子急躁的年輕人在等情人，周圍風景很美麗，他卻無心欣賞。忽然眼前出現一個侏儒，送他一個紐扣：「你要是遇著不想等待的時候，把這紐扣一轉，就能將時間跳過去。」年輕人很高興，於是試著把紐扣一轉，情人出現了。他心想，馬上舉行婚禮吧。果然在紐扣的轉動下，婚禮場面出現了。他不停地照著心中所想要的，一再地轉動手上的紐扣，轉眼之間，他的生命來到風燭殘年，他吃了一驚，想把紐扣倒回轉，但使盡了力，也沒法回頭，他的一生就在瞬息間走完了。他為自己的愚蠢而哭出聲來，才發現，原來是做了一個夢。醒來以後，年輕人平心靜氣地瞧望著四周的景物，他覺得澄藍的天空、油綠的草地都非常漂亮，鳥叫聲動聽，連照耀在身上的炎熱陽光也是可愛的。

他享受著等待的時間。

答案

對於一個藝術工作者，最重要的是什麼？

曾經向許多藝術工作者提出這個問題。

答案不一。

有的說是才華，有的說是努力，有的認為是興趣，有的堅持要堅持，有的要和名利保持距離，有的說良心排第一，有的覺得生活要簡單，有的說遇到一個好的啟蒙老師，有的則說個人的領悟力，有的永不告別真善美，有的要時刻求變創新，有的提倡真實地表現自己。

有一個聰明的被訪問者回問我，你說呢？

我的答案是工作。

簡單道理

帶著渴望和期盼，去追求想要的東西，往往得到失落和失意的心情，掉淚和悲傷的下場。

思考一下：因為渴望因為期盼，最後無法到手，自然生出失意的感傷和遺憾。

不想要的東西，落到眼前來，驚喜被放到無限大。

思考一下：由於並非想要，突然在無意中獲得，意外的驚喜往往震憾力最強。

也許過了很多年才會發現，當年不以為意的才是真正想要的。

因為我們在追求的當兒，並不曉得自己到底想要什麼？又或者是，已經到你的手的，你就毋需再追求，一路在不斷地追逐，都是還未獲得的。

仔細思考一下，道理非常簡單，不必過於哀傷。

精彩的陶醉

有個朋友看見國際交際舞比賽的電視現場播放鏡頭，嘲笑地批評正在舞得入神的一對表演者：「看他們那副自我陶醉的樣子，真是可笑。」

大多數人自己心裡有所掛礙，總是放不下身段，以為在社會上行走，應該塑造出貼切身分地位的外在，以顯示自己位比人高，與眾不同，藉此贏得別人的尊重。生命中最重要的事，變成是時刻照顧個人形象。因此從前沒做過的事，擔心做得不夠好，怕成為別人的笑柄，不敢也不願意輕易嘗試。久而久之，生活無趣，快樂遠離，悶悶不樂的冷漠臉孔竟成永恆的外貌。

其實在生活中，偶爾能夠如此投入，全神貫注，完全不受外在的客觀影響，跟著音樂的節拍，隨著歌曲的旋律，自得其樂地跳舞，多麼難得，多麼精彩，真是令人羡慕。

糟糕的毛病

送院以後，醫生說需要動手術。

一個人躺在病床上，才明白，「我以為」只是我自己以為。

我時常以為自己對飲食的要求非常簡單，而且以為一直以來都在吃有益的食物。少肉多菜，少吃多餐，調味品極少用，餐點越清淡越好。

長期以來，自以為保健意識比人強。因此聽到是由於吃了不應食的東西而導致身體出現毛病，不能不愕然。

幸好動了手術以後，醫生檢查說沒事，可以出院了。

「自以為」才是最嚴重最糟糕的毛病，盼望這回醫生已經一起割除了去。

終生尋覓

我們營營役役，辛苦勞累，花一生的精力，在尋找我們生命中沒有或者缺乏的東西。

有的人會思考，我們缺少什麼？值得讓我們去終生尋覓的究竟是什麼？可惜縱然是努力思考，也不一定會得到答案。一如藝術大師吳冠中不給自己的孩子學畫，因為他清楚，一個畫家，努力也不一定會獲得成功。

更多人茫無目的，索性跟著人潮走。不斷地在物質上擴展自己的地盤，不停地在名氣權位上計較爭逐，甚至不擇手段，一直以為生活中最缺的是金錢和名氣。最終一生一世毫不自覺地被金錢和權力雇用。可憐的人，從來沒珍惜過「人身難得」，也不知道自己一生錯失了多少寶貴的東西。

畢加索說：「我花了一輩子學習怎麼樣像孩子一樣的畫畫。」

柯羅說：「我每天祈禱，願上帝讓我早晨起來像嬰兒一般地看這個世界。」

兩個畫家不約而同認為需要尋覓回來的是遠離日久的赤子之心。

當我們年紀越大，逐日遺忘曾經擁有過的美好的孩童的心。一旦醒覺，驚悚。

由於已經逝去，永遠回不來，益發渴望如沙漠裡的水。然而我們尋找的，到底是過往的舊人舊事？或是年幼的單純天真？或者，是整個逝去的美好年華。

這是一種期盼追溯美好回憶構成的追求，卻不應該算是生命中的全部意義吧。

給我一個擁抱好嗎？

永遠相信詩人奧登的話：「我們應當相親相愛，否則就會死亡……」

對於一個格外怕冷的人，室外溫度尚有十幾度，已經需要手套和襪子，取暖便成為最重要的事。

倘若能夠倚靠親愛的人的體溫來取暖，那感覺如飄蕩半空，無限美妙。

愛人和被愛是一種窮其一生也無法消除的欲望。縱然讀過許多佛書。可恨悟性過低，缺乏智慧，仍舊無法自拔。沉溺在欲望裡也許是一份錯誤的縱容或不討人喜的任性，可是，真怨惱良辰美景永遠是稍縱即逝。

不不不，不管其他，只想掌握眼前這一瞬間，什麼勸告都不想聽。

擁抱我，好嗎？

繼續幻想

幻想過重逢的時候。但是在哪裡呢？應該把地點安排在比較適當的地方。海邊或者山上，最理想是咖啡廳，除了咖啡的醇香，並有一大堆不知道是誰的人在旁邊走來走去，足以掩飾心中激動，如果到時有的話，如果到時表情和臉色且齊齊矯飾不來的話。

記得他在文章裡寫，喝不加糖的咖啡。初時以為他懂得欣賞濃郁的咖啡香，後來不必揣測，已然瞭解他為的是與眾不同。喝不喝不知道，寫那句子，令人留下深刻印象。果然辦到。許多女性文學愛好者見面時候，聊天從不提他的名字，也不說他的文章，但都清楚私底下暗暗的仰慕像逐漸升起的月亮，幽幽地發出溫柔的亮光。

溫柔的光，在重逢的時候，瞬息間消失了去。

不在海邊，也不是山上，更非具有歐洲情調的咖啡廳，是在停車場。

一個購物中心的停車場，偌大一個喧囂吵雜的現實場地。

現實永遠牽不到幻想的手，距離無限，早已知曉，仍充滿幻想，生活太多粗糙的面，不得不走進幻想，悠遊時刻，雖然短暫，起碼有夢。

明知他愛做一種與眾不同的姿態，仍然要陷進他刻意手段製作的不凡脫俗中。

幸好，無論如何刁毒的夢，也會醒來，不必害怕。

令人更為恐懼的是，夢醒以後，現實居然照樣粗糙得叫人的手摸不下去。

這是喜歡不加糖咖啡的詩人嗎？歲月留痕，如此清晰，不可置信，是你的事。

轉身朝另一道玻璃門走去，那裡的人潮洶湧，燈光明亮，而那道溫柔的光逐漸逐漸黯淡沉匿，把重逢，繼續留在幻想裡，讓自己去感動自己。

繼續快樂

有人去與名士要求一幅字，那名士寫了一句「常想一二」。拿到書法的人看了以後不明白，名士解釋：「人生不如意事，十常八九，但是，對那不如意事，毋需耿耿於懷。」所以名士認為，「常想一二的人生將會比較快樂。」

喜歡讀書，因為往往可以在書中搜尋到思索良久而無法解開的疑惑。

善心的朋友臨出國前，打電話來：「誰是某某某？他在文章裡說你什麼什麼。」學佛的朋友疼愛地勸告：「阿彌陀佛，別把它放心上呀。」

誤解是常有的事，如果頻頻為他人的誤會而掛礙，那麼日子要怎麼過呢？

在這冷漠的世間上，有誰願意為你付出時間代價，費心神來了解你？

非常小心，萬分珍惜手上僅有的快樂時光，所以不會讓幾句話來瓦解我的歡愉感覺。而且，如果真的為不知是誰的那個人而生氣，或者傷心，會有上當的感覺。

解放黑奴的林肯總統，全世界都把他稱為偉大的人，竟也有人以置之於死地而作為生活目標，最終他被暗殺身亡。

平凡普通庸俗的我們能比得上林肯嗎？單是這個問題也成為大笑話了。

因此無論你的為人怎麼樣，總有人希望你的日子充滿挫折。
不想讓那人得逞了去，於是繼續快樂地讀書、寫作、繪畫，並且得獎。

網路聊天

當今世界有一件可怕的事在流行著，就是在網路上聊天。別的人我不知道，便不好說，可是，我自己上網和朋友聊天的時候，心中總存著一種非常害怕的警惕。因為面對電腦，只見一片白亮亮的閃光影幕，縱然我們的眼睛看不到那閃爍，事實上它是一直在閃著的。就好像我們沒有看見人的臉孔，不過，對方確實有一個人存在在那邊的。

由於不見人，對著空白的影幕，很容易就把心事完全透露，毫無隱瞞地，什麼都說出來，一清二楚，過後才後悔也來不及了。

當然也有那不說自己心中話的人，光只言不及義地寫這個那個，這句那句，全都不中要點，可是且不要罵那人虛偽、表面、世故、圓滑，像那樣的人，他比較適合也有資格上網去聊天。

美好的惡夢

一個沒有把繪畫藝術排在第一，而將家庭和孩子擺在藝術的更前面的女畫家告訴我，女人從三歲開始就有夢。她從小喜歡夢，喜歡幻想，雖然被許多人批評過不切實際，但是，她盼願自己一直到老，仍然有夢。

女人的夢，多是華麗絢爛，和現實完全兩樣。也許真實的世俗人間太過粗糙殘酷，因此女人愛往華美的夢中躲藏。起碼暫時逃離醜陋現實，方才有勇氣朝向現實生活的路上繼續走下去。

喜歡做夢，可能生活中有太多無法完成的理想，唯有在夢中，能夠實現嚮往的憧憬，一切全都因為美夢成真的機率太低。

人人喜歡美夢，因而幻想所有的夢都是美麗的。

一直到有一天，做了一個惡夢，太可怕了，竟在夢中哭到醒來。眼睛睜開，摸一摸臉頰，淚水還在，是被自己的哭聲驚醒的。坐起來，完全甦醒後，知道僅僅是一個夢，居然欣喜不已。這才發現，惡夢原來也是美好的。

老

突然察覺，我們想做的那麼多，而我們可以完成的卻那麼少。對自己的能力開始懷疑。從前以為自己一定做得到的事，一年一年過去，無力感像擱在沙漠上的溫度計，隨著太陽高升，中間那條水銀柱漸漸往上竄。

放棄，不甘心，前邊已經走了那麼長遠的一段艱辛路。不放棄，似乎沒有太大的進步希望。於是就這樣保持不進不退的狀態，既不再盡力，卻也不肯放手。

不是存著希望，也不是完全絕望，是認命吧？是氣餒了？

不，只是年紀大了。

老可愛

老，可能會慢一點才來，但是絕對不會不來，非常無奈，沒法逃避。

人終究要老。接受這個事實，培養快樂心情去面對。

把「優雅地老」當成一門功課，在未老之前開始閱讀和研究，有一天，無法抗拒的老終於到來，已經準備好的我們才能夠以一顆達觀的心，伸出雙手無憾地迎接。

人生的每一個階段，皆有美好的一面。

唯有懂得珍惜每一天，才會珍惜每一個人生階段。

老固然不討人喜，卻不要把老想像得太悲慘。

必需承認，老並不可愛，但歲月的鑰匙不在我們手上，無法控制。

嗟歎，那是在浪費時間，更毋需過度悲傷，讓我們積極努力，起碼，可以成為一個可愛的老人。

自由的香水

有個不喜歡香水的朋友不屑地撇嘴：「那味道根本就是在造假。」

他說的不是香水。

他罵的是用香水的人，「灑香水是在製造假味道，讓人覺得他很香。」

大部分的正常人，應該比較喜歡給人看到較美好的一面吧？

「醜不外揚」的道理古人也懂呢。

用香水的人不過是不想給旁人忍受臭味，認為這是一種社交的起碼禮儀。

沒意料到會有人把愛香水的人看成虛偽份子。

堅持不用香水的人像個激進派，一嗅到香水味就作其反感狀，冷然宣佈：「我只接受天然的味道。」

傳說外號香妃的那位小姐，根據歷史書上記載，她也是每天長時間悄悄用香花將自己薰得香噴噴才出來見皇帝。

不知道有誰是天然香的？

有原則的朋友寧願接受天然的汗味，怪異體味等等，也不許人身上有香味。

這是他的自由。

只不過，在他不介意讓別人容忍他身體的異味的同時，盼望他也尊重別人喜歡用香水的自由。

花自開

風一吹，白色的花簌簌地，一朵一朵迎風落下。

那樣薄軟輕柔，弱不禁風地在風中顫抖，飄揚。

抬頭一看，滿樹皆是綻開的花；低頭一望，一地全是落下的殘花。

密密麻麻的白花彷彿生命是如此迫不及待地，一邊盛放，一邊凋落。

首次遇見兩排整齊的美人花（tecoma）樹，癡癡地看著綿密的花兒們隨風飄逸，一朵，一朵，又一朵，徬徨無助地紛紛墜在地上，異常驚詫。

似錦的繁花在轉瞬間，輕輕晃動數下便撒離樹枝，無限無奈。

那是你無法想像的，繁花怒放而充滿荒涼的意味。

本來以為，盛綻的花，堅挺飽滿，生命力旺盛，凋零的花，殘缺萎靡。

原來世事萬物並無絕對，許多事不可理喻，並非一定是枯褐乾癟的花，方會墜落飄逝。

沉靜無聲的白花，喧騰地盛開，又囂嚷地凋落。那樣的淒美和愴惻，簡直令人心酸難忍，驚悚恐懼，飄零竟是努力綻開的花兒們注定的歸宿嗎？

車子在街邊停下良久，實在無法、無心、也無力繼續向前開去。

某日讀詩：「樹有百年花，人無一定顏，花送人老盡，人悲花自閒。」

同一棵樹開出同樣的花，百年來一直在開，賞花的人，容顏隨著流逝的年華，逐漸老去，終究歸於塵土，而百年花樹，仍然，還在閒閒地開花。

一顆心冷到底的悚慄！原來最該憐的，究竟還是人哪！

見人說人話

「那個人呀，」朋友罵人：「少和他往來的好。」

不明：「怎麼啦？」

朋友說明理由：「哼，見人說人話，見鬼說鬼話。」

更不明：「難道你喜歡和見人說鬼話，見鬼說人話的人來往？」

我們通常都在做我們責罵或輕視的人，但是自己並不知道。

思考一下，每天門一打開，我們還不都是見人說人話，見鬼說鬼話？

見人世故圓滑，於是自命清高地看不起他，可是，遇一個說話直來直往的人，同樣覺得這人如此任性，如此坦白，教人真受不了。

除非遠離社會和群眾。

好像不可能。

唯一做得到的，儘量少出門少接觸。

計較

這件事非常奇怪，讓你永遠也想不通。

在我們周圍的人，愛計較的朋友可多了。一點瑣細小事本毋需計較也咄咄逼人，非要算計個清楚不可。

遇到這種小氣的朋友，只好皺眉禮讓，隨他去吧。

假如我們模仿他，按照他的計較方式和他相處，最後的結果不是吵架，就是鬧翻。

勸告自己，算了吧。容忍著，自我調適一下心理「也不是長期同屋住，見面時間不過半天，退一步海闊天空，無謂多爭執。」帶著自認寬宏大量的心態繼續和他交往。

時常自覺不是計較的人，也非常醒覺有很多事情如果我們真的要斤斤計較起來，恐怕會沒有朋友呢。

把自己歸類在「非常寬容並具有親和力」的群人當中。面對許多事情皆不多說，一笑置之而已。

沒有想到有一天聽來的批評卻是，「你做人太計較了。」

天呀，這是誰下的判斷？誰是那個法官呀？
原來我們時常在心上插把刀的委屈，並沒有求到全哪。

諷刺的挑剔

記得有一陣子，非常看不開，叫來的咖啡，聞一聞，便搖頭：「不是我要的牌子。」

沒有隨便，一口也不奉陪。

孩子眼看媽媽的挑剔，一次終於受不了了，警告：「你老是堅持一個牌子，萬一那牌子有什麼不好成份在裡頭，豈不糟糕？」

若要將佛陀的說法、教誨，歸納為一句的時候，佛陀說是「一切都不要執著。」

自以為是佛弟子，可是，就連喝杯飲料，還要苛擇，固執地不喝其他牌子。

不屑別人的隨和，自以為有所堅持，其實是印證了已經墜進名牌的陷阱而不自知，失去自覺能力的人尚洋洋得意，真是一項明顯的諷刺。

請勿張揚

無意中讀到一個句子「看見幾個人在狹小的電梯裡，還不停地以大嗓門嚷嚷地講話，令人感到深沉的悲哀」。（非原文，憑記憶）文中的地點是香港。然而這種現象在華人的國家（地方）四處可見。

有時候真不明白，為什麼需要大聲地喊話。就算談話的對方就在三尺的眼前，也彷彿擔心聽不到般高聲喧嚷，實在很不明白需要張揚的理由是什麼？

尤其在餐廳。吃飯的時候不要講話，孔子說歸他說，遵守的人幾乎沒有。吃飯時間正是最佳溝通時刻，沒關係，可以接受。主要的還是說話的人往往忘記一點，「私下的溝通請私自保留」，根本不必把話傳到其他人耳朵裡去。

下次在說話時，提醒自己，人家對你家的事，沒有興趣，不會關心，除非你希望有人把你說話內容拿來嘲笑或當成下飯用的菜下茶的點心，要不然，盼請勿張揚。

帳目日子

郵差在門口按電單車響鈴，高興地出去，接回來一大疊的信件。

攤開一一細讀：保險、水、電、電話、信用卡等等等等全是待付的費用。

竟然通通是帳單。

從小讀書最恨是數學科。看起來那樣簡單，一二三四五，但是算來算去，老是算不清楚。

一生最怕是算錢。帳目永遠搞不好。聽到要念商科，顫抖。比上蜀道還困難。捱著捱著，幸好畢業了。於是幻想，離開學校以後，不必再念數學，從此可以離開數目字，遠遠。

完全不了解人生，和生活。

原來往後的日子，每一個人都是在帳目中過活。

而且是日日都有帳。有些是一天算一次，有的是一個星期一回，有的是一個月，都得計，都得算，不由得你自由選擇。

看見郵差，就興奮，是一種習慣。事實上，在這個網絡時代，郵差送來的，全都是帳單，信件早已毋需通過郵差，它們都在電郵裡等待你去打開。

貪婪的魔鬼

貪婪是個醜惡的字眼，但這魔鬼不放過任何一個人。

這句話是許多畫家敬仰的畫家梵谷說的。

佛教說貪嗔癡是苦的源頭。這三種令人受苦的根源，貪婪排在第一。

就算不提佛陀，也不必提大畫家梵谷，平常人何嘗不清楚，貪婪是害人不淺的魔鬼？只是大家都脫離不了欲望的擺佈。

有了錢，希望擁有更多。有了愛，期待獲得再多。有了很多很多，人生路上，雖然邊行走邊左擁右抱，卻總是覺得不夠，不夠，還不夠。

知道簡單帶來滿足，滿足可以帶來快樂，曉得無欲則剛的道理，明白貪婪的面貌醜惡無比，但是，這魔鬼不放過任何一個人，而人們不設防。

原來它離我們太近了，就住在我們的心裡。

輕鬆工作

年輕的朋友說，為何他人的工作如此輕鬆？

他因此羨慕別人的工作，盼望自己也能尋到一份類似的輕鬆工作，而他從事的每一個行業，卻都是困難無比，充滿壓力的。

真正的事實是，一個能力越強的人，他的工作越輕鬆。

世界上沒有真正輕鬆的工作，所有的工作都是艱難的，尤其是自己手上的那份。

只有積極地訓練自己，強化自己的工作能力，這樣，你就會變成別人眼中的，那個輕鬆工作的人。

辜負風景

開足三個小時的車，等輪渡一個小時，過一個海再花半小時，終於來到島上的海邊渡假村。遠遠望去，一棟棟的小屋，建築成不同的款式，靠近一看，各有各精彩。

椰樹和花是最好的裝飾，掛在屋簷上的紐西蘭牽牛，朵朵花兒在展顏歡笑。門口樓梯旁那些造型一致的水缸裡，盛開著不同色調的荷花。每一間小屋都被花樹妝點得豔光四射。遊客的視覺焦點捨不得移開，驚喜讚歎的聲音此起彼落。

木造的浮腳屋，全是原木色，沒有油上七彩的外衣。從外型看，如早期座落在甘榜的小屋，樸素無華，打開門一看，裡頭卻是齊全的現代設備。

放下行李，以最快的速度換好泳裝，為馬上就得以投入大海的懷抱而興奮莫名。剛才一抵達目的地，已經看見黃昏裡金黃色的夕陽，已經感覺到拂面輕風的溫柔，還有沙灘上微微波動的海浪，空中飄舞幾隻快樂在飛翔的風箏，似乎在召喚我們趕快，趕快出去成為風景裡的一分子。

突然聽到隔壁的小屋傳來打麻將的聲音。

冷氣開著的嗡嗡聲，加上麻將的吡啪聲，還有人說話的聲音。

媽媽，怎麼有人跑到這裡來打麻將？念小學的孩子吃驚。

她在替那些人歎息和惋惜。

確實不明白。如果純粹為了打麻將，何不留在家裡？乘車搭船，勞頓半天才抵達海邊，最後關在房間裡堆砌麻將牌，不免可惜了眼前這藍天，白雲，綠草和碧水。

遠方的電話

當今世界經已是資訊發達，網路無所不屆的地球村，電話成為再普通不過的通訊工具，奇怪的是，接到遠方的來電，照樣難以遮掩心中的激動。

人從過去走來，人是走來了，但是過去卻難以走過去。因此，遠方打來電話，從聽到對方的聲音開始，情緒突變，緊張無比。

擔心話太長，花對方太多錢，可又捨不得關掉，一擱下，那貼在耳邊的親近聲音即刻消失。

忙碌的年節裡，有人於百忙中想起你，而且是很認真地想，並且行動，從那麼遠的地方打電話過來，心中湧生出許多感動。

結果，同樣的話一再重複地說，由於激動時無法好好組裝句子和理修念頭；待電話一關掉，發現想要講的話，還在心裡，未曾開始。

將電話輕輕放下，一個人靜靜地坐在悄然無聲的客廳裡，想一下，覺得自己老土得可笑，這個時代，一個電話算什麼？

不過是一個電話嘛。

然而，那卻是朋友的深摯情意呀，再一想，眼淚好像要掉下來了。

送你一言

「……那些蠢貨，只有讓他們說去。他們的嚼舌決不能使任何人不朽，也決不能使阿波羅指定的人喪失其不朽。」

聽到貝多芬說這話的人，不知道有什麼感覺？

我們沒有聽到，只是看到，無限羨慕。猶如一幅氣勢磅礴、豪氣萬千的水墨巨作。

一個人的說話可以成為至理明言，因他的偉大和不朽。

每次聽到有人在誹謗和散播謠言的時候，多麼想把此言贈於他，可惜，我們本身沒有足夠的條件，只好忍氣吞聲。

因此，做人要爭氣。千萬不要浪費時光，時刻不忘埋頭努力，待條件俱足時，才能夠有機會將這句名言送出去。

遙遠的騎士

因為想去西班牙，所以重讀了西班牙作家賽凡提斯的《唐吉訶德》，重新再次看見一個騎著瘦馬，明知不可為卻仍然努力去追尋那遙不可及的夢的人。

幾乎所有的文人不約而同稱他為「夢幻騎士」。

記得年紀小小，還在念小學時已經讀過，那個時候什麼也不懂，單純無知，未曾走進混濁的世俗人間，完全不知生命到底是怎麼一回事，只覺得固執的唐吉訶德是一個笨拙可笑的人。中學畢業後，一次無意中重讀，已經發現笨拙並且可笑的是捧著書在閱讀著並「誤解了一個執著和充滿夢想的人」的自己。

「去做那不可能的夢，忍受那無法忍受的悲痛，純潔堅貞的愛別人，糾正那無法糾正的錯誤，雖然目標是永遠的太遙遠，我仍要去接觸那無法觸及的星辰……」

今天，要到哪裡去尋找這樣擇善而固執的騎士？

邀請春天

住在四季不分明的國家，對季節的嬗遞沒有特別強烈的感覺。隨時有陽光，四時有鮮花，天天有水果，日日有蔬菜，樹木花草四季長青。每晚的天空，月亮和星星都在溫柔地微笑和閃耀。

喜歡到朋友家，因為她常在廳中插一盆鮮花。坐在廳裡，微微的香氣在空中浮遊，那鬆懈的感覺適意舒服。朋友選擇的主花常時更改，玫瑰、菊花、天堂鳥、百合、水竽、胡姬、非洲雛菊或劍蘭等，顏色不同，但配襯著小小的滿天星、紫色勿忘我，還有各種品類的亮綠葉子，十分漂亮討喜。

「所有的花我都喜歡。」她說，並無偏好：「因為每一種花都各有它的美妙風姿。」朋友是個胸懷寬闊的愛花人。

而且「插一盆花在廳中。」她說了自己常常買花的原因：「感覺春天被邀請到家裡來了。」

想一想，春天的明媚和美麗，竟然隨時可以邀請到家裡，真是太好了。

採訪上帝

中年以後，開始明白，珍惜每一天，是生命中最寶貴的道理。

二十四小時，不多也不少，你要怎麼過，完全掌握在你的手上。

當時間流逝以後，才感歎，那是一種時間上的浪費。

許多想做的事，快點去做。感歎空想，皆多餘。

人生是不能等待的。

年輕的時候，以為這是一句笑話。大半生過去後，恍然大悟，確確實實是正確的事實。

幸好。要不然，等到臨死前的那一刻，肯定會流淚後悔。

在《採訪上帝》一書中，作者問上帝：「人類有哪些事最令你驚訝？」

上帝說：「他們覺得童年很無聊，急著讓自己長大，然後又想回到童年。他們為了賺錢而失去健康，卻又要花很多錢找回健康。他們擔心的想著未來，卻忘記現在；因此既不是活在現在，也不是活在未來。他們活得好像永遠不會死，卻死得好像永遠不曾活過。」

你是不是讓上帝說中了？

雪球的傳言

世俗人生，有人相聚一起，不免要在言談間說人，至於內容，真假不計，說的人口沫橫飛，聽的人津津有味。

傳言像滾雪球。

一句話說出來，另一人帶著走，不必走遠，馬上就再交給另一個，這樣接力賽般累積下來，一句瘦瘦的話可以膨脹得很快，而且減不了肥。大家都忙碌地把一句話再加幾句，越加越多，最後不能收拾，於是推卸責任，個個都揮揮手不帶雲彩，把肥腫的話留下，自己瀟灑地走開。

相信或者不相信，並不重要。大家只是閒聊時，講來好玩罷了。看不開的人當了主角，生氣憤怒，流淚悲傷，是你太傻。

在人世叢林行走，需要每天攜帶日本作家佐久間象山《省言錄》中一段文字：「人之讚我，於我未加一絲，人之損我，於我未減一毫。」在身邊，這樣，方能微笑面對雪球的傳言。

靜默日

幾乎每一個現代小學和中學生，回到家裡的首件要事，就是打開電視。這是可慮的現象。

為什麼大多數人都迫不及待地要讓聲音和影像馬上出現呢？是過於寂寞或者是害怕孤獨？家裡人口少，兄弟姐妹只有一個兩個，父母忙著事業和賺錢，沒有人在身邊相陪，因此電視就成了最好的同伴。

氾濫的聲音充塞著每時每刻，甚至每一個角落。是因為害怕靜默？

為什麼喧鬧和譁噪竟變成現代孩子的最佳選擇？因為他們拋棄了閱讀的好習慣。只有學會閱讀，他們才明白閱讀的好處，也才懂得如何閱讀自己內在的聲音。

每個星期一，是印度聖人甘地不開口說話的「靜默日」。也許我們該給孩子定一天「不看電視日」。

完全的安靜時，才能有時間和空間思考，才能找到自己真正的需要。

麻木的心靈

我們的高速公路越修越好，越建越寬闊，但是人與人之間的溝通與交流卻越來越缺乏。

生活太忙碌，見面時間過於匆促。太長的日子沒有和朋友約會，偶爾相遇，話說兩句，就得分手。因為沒有努力去賺錢，輕蔑的眼光馬上投射到你的身上。

誰還有多餘的時間去認識新朋友，去會晤舊朋友？如果朋友搬了新屋子買了大車子，我們尚在老屋子裡過日子，還開著國產小車，那就表示在財富的累積上輸給朋友，太丟臉了。那個時候，你不遠離朋友，他也會自動和你保持一定的距離。

為了讓物質生活更豐富，我們暫時關閉心靈的需要，然而，日久成為習慣，心靈已經進入麻木不仁的狀態，從此再也沒有任何需要。

麻醉的秘密

一個婦人到醫院去動手術。她躺在手術台上。潔白細嫩的臉、挺直的鼻子、尖尖的下巴，看著就知道是個高貴美麗的女人。有人在她身邊遊說她，動手術一定要注射麻醉劑，但是女人始終不為所動。

從頭到尾，她就是堅持不讓打麻醉針，勸告的人終於抑止不住好奇心，直接問她到底是為了什麼而拒絕。

「我心裡有一個秘密，被注射麻醉劑後會說出來。」女人回答。

以上摘錄的，是一篇日本小說《外科手術房》的其中一個情節。那個美麗的女人，她擔心自己在無意中洩露了秘密，於是寧可忍受開刀的痛苦，也不讓醫生注射麻醉劑。

曾經動過手術的人都知道麻醉劑的可怕，不在於手術後的一些後遺症狀，而是，當麻醉劑起了作用，整個人將進入完全昏迷狀態，那個無知的黑暗時段，人變得毫無意識，赤裸裸地暴露在別人面前。

當時究竟發生了什麼事情呢？

清醒以後，無論怎麼吃力地回憶，都像迷路的人，重新再回頭去，四處尋覓，也沒法走進那個時刻的那一條路。

無論是自己的決定或是答應別人要守住秘密，能夠堅持到底，才是一個高貴的人。

明知肉體上刀割血流的痛楚折磨，卻依然緊緊記著，心裡有一樁不可外洩的秘密。

而誰又沒有呢？秘密。

只不過，無法忍痛的我們都寧願選擇被麻醉罷了。

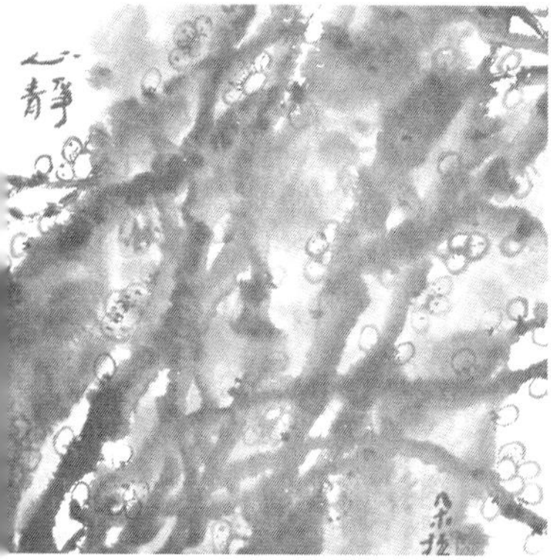

自說自況

不不不

隔壁在做裝修。
方知世上有如此可怕的事存在。
而且是趕工式的。
日夜不停有各種各類無法形容的聲音，噪音，聲聲入耳。
無論你在你自己家裡做些什麼，那些聲音都不肯放過你。
跟著你，貼近你，到處走。客廳、浴室、廚房、臥室、餐廳。
不管你在閱讀、洗澡、煮食、休息或吃飯喝茶，你無法將之隔離。
聽音樂和看電視，更是不可能的事。
要抗議，有點不近人情，做鄰居做到這樣無情，會遭到翻臉的結果吧？
如說「請把裝修隔音」，給鄰居出一個無法解決的題目，等於是給他一個既為難且厭惡你的機會。
不抗議，覺得自己快瘋了。
原來聲音的力量如此強悍。
幸好，未瘋之前，終於峻工。

鄰居每天笑瞇瞇歡迎朋友的到訪，大家都為參觀他的「新居」而來。一個認識的朋友到他家後踅過我家來，見屋裡屋外處處是老東西，室內設計過時兼老土，抑止不住問：喂，你家何時要裝修？

大驚，不不不。

逢魔時

有位已故的中國作家，來到這地方，聽到馬來文的SITIAWAN，於是為它取個名字叫夕眺灣，從此才知道原來寄住的濱海小鎮如此漂亮。一個美麗的名字帶來無限綺麗的幻想。

每天黃昏，太陽等到走上海邊的山，才倏地墜到山的那一邊。因此在暮色未臨前，山邊的天空，經已布滿紅霞。

那繁複的畫面，是無法形容的燦麗。深淺濃淡，變幻無窮，絢麗繁華，璀璨奪目。時常被迷惑得什麼事也不能做，傻傻地對它驚歎聲連連。

莫內、梵谷、塞尚、高更……不論哪位名家畫作也無法和大自然相比。

發現每天在變更的自然大畫以後，黃昏時候，往往放下手上的工作，出去散步，順便觀景。

後來讀日本文學，才知黃昏時分，用日本文說是「逢魔時」。

恍然大悟，難怪總在這時間被魔惑了。

冷手

當我讚賞她，因為她來了，院子裡才開始見到花開結果時，幫我打理家事的印尼女人告訴我，在她們那兒，把花樹種得好的人叫冷手。

她在那邊人人叫她冷手。

每個地方的俚語都各有特色。

為什麼冷的手居然可以種出漂亮的花樹來？

是呀，太熱花和樹都會死光了。花樹怕遇到熱手呢。她得意地笑。

太冷也會致植物於死地呀。我沒有和她爭辯。

印尼處於熱帶，大太陽常年曝曬，只有過熱時期，沒有什麼太冷的季節。當地人民也許常常見到天氣過於熾熱時，花樹便凋蔽枯萎難活，因此對於那些懂得把花和樹調理得盛開繁茂的人，稱為冷手。

像我這樣，那些被朋友說是無論怎麼容易活，如何好種的花樹，一到我家，都有辦法將它們一概種得剩餘空空花盆一個，因此，我要是住在印尼，外號就是熱手，而且是熱得燙人的手。

私心底下，愛花愛樹的我比較喜歡做冷手。

拒絕時間

不喜歡戴錶。

其實不僅是錶，是不喜歡戴任何首飾。

生命中的束縛已經太多，何必自己再添加？

雖沒戴錶，人卻照樣受到時間的限制。

每天二十四小時，從早上開始就自己劃分，幾點需要做什麼，幾點應該做什麼。

時間到了，有的事必需完成，不能等待。

不喜歡戴錶，自己仍然不能站在時間之外。

雖然隱隱約約間，存有這種虛幻想法。

如果真的有一天可超越時間，那時，也許又不介意戴上手錶。

人生有許多無奈，其中一項是可以拒絕戴錶，可是不能拒絕時間，只能夠在生活中，於行動上做一點小小的抗議。

掙扎

生命中滿是掙扎。

早上掙扎著從床上起來。（再多睡一會兒，眼袋就不會越來越大。）掙扎著要不要去上班。（賺那一點點錢，還要看臉色，不去就連那一點點收入也沒有。）掙扎著午餐吃肉或者蔬菜沙拉。（肉比較美味，比較實在，吃下去比較飽，但蔬菜沙拉對身體有益。）掙扎著去不去朋友的約會。（見她們照樣又是東家長西家短，不見，生活太寂寞。）掙扎著是否捐錢給所謂的慈善團體。（有人說捐的錢沒到真正需要的人的手上，不捐，據說有很多傳說是胡言亂語。）掙扎著下午喝不喝咖啡。（喜歡那味道，但晚上可能要付出睡不著作為代價。）掙扎著給孩子報名英校國校華校。（愛國不讀國語嗎？中國崛起，不讀華文不可以。強調英語，不讀英校日後如何出頭？）掙扎著是否要換工作。（消費水平日漸提高，老板竟沒有發現；舊的工作已經習慣，新的行業也許不能適應。）還有，還有……

唉，生命中果真是充滿掙扎。

很無奈，很氣憤，很埋怨，為什麼生命中有那麼多的掙扎？

掙扎到最後，臨終前還是在掙扎。（就這樣一走了之？許多要做的事還沒做……）非得再，再掙扎不可。

放毒

一個朋友打電話問我：「明日下午四點你在家嗎？」

我說：「有，什麼事嗎？」

「要去找你聊天呀！」她輕笑。

擱下電話，竟覺惆悵。

記得以前心想要找朋友，毫不猶豫立刻行動，不必預約毋需通告。二人相見，天南地北，嬉笑怒罵，無所不談。可是，時代漸漸演變，說是越來越進步，結果今天要去訪友，不可再如此隨意隨興，已經成大事一樁。因為電話的普遍，首先非得搖個電話，約好日期時間，然後在那段時間抵達友人家裡或約會地點，聊天超過三十分鐘，表示雙方算是好友。普通是十分鐘內，把長話短說完，轉身回頭就走。

如果有誰沒有提早約好，突然出現在人家家門口，不只惹人埋怨，並顯示出那突然來臨的人是無禮和沒教養的。因為所有人的時間，如今都成了寶貴的鑽石，就算收在保險箱沒啥用途也不拿出來給人觀看。誰也沒準備把時間留在和誰人聊天或聽人訴苦之用。分享和分擔浮沉悲欣的心事這種事，已成過去式，不是現代人的作為。

某日讀到這一段文字：「二、三十年代的日本作家，流行著『訪友症』。住在同一個城市的作家們，其中一個心情鬱劣極了，便四處訪友，以放心中之『毒』。」

今天有人心情惡劣時，要到哪裡去放心中之毒呢？不禁懷念起過去那美好的老日子。

無夢

朋友笑著說：「昨天晚上我做了一個夢……」

突然想到，好像很久都沒有做夢了。

從前有一段日子，為了失眠而痛苦。數過羊，亂七八糟的數目數了一大堆，加來減去，混淆不清更加睡不著。喝過奶，不知道多少瓶都灌了下去，那時不流行無脂牛奶，滿肚子全是油脂，而入眠這回事照舊離我很遙遠。洗溫水澡，覺得自己像件顏色鮮豔的衣服，洗得就快變舊變白了。最後是怎麼捱過去的，竟然沒有記憶。可怕的事不必重複回憶，還是忘得快比較好。

失眠的時候，當然也不做夢。因為已經身處惡夢中。甚至是日夜都在做著的惡夢。白天也在思考，今晚要如何怎麼樣才不會失眠？臨上床前簡直是害怕，睜著眼睛到天亮，就是一個大惡夢。別說得那樣遠，不過是才到黃昏時分，看見夕陽墜落，月亮升上來，天色漸漸轉為黯暗，心便開始沉重。

聽到無夢，朋友嘲笑：「大概是年紀大了，據說老年人都沒有夢的哦。」前邊的歲月皆是夢，回憶便等於在做夢，越老應該越多夢才是呀。但卻不理朋友的話中有多少真實成份，凡嘗過失眠滋味的人，根本不再在乎有沒有夢，能夠睡得下，好好地一覺到天亮，便是今天晚上的一個香甜美妙的好夢。

無癖無疵

有人不明白那個獲得人人稱讚，打分數要給幾乎直達一百分的某友，為何不被我列入好友名單。

我微笑：「和他在一起的時間越長，我的自卑感越是深重。」

「那你努力與他學習，也像他一樣好呀。」有人如此建議。

所謂「好」，固然有世俗的標準，但是，正如給藝術創作評分一般，同樣充滿主觀因素。

建議的人這話雖然沒錯，但是，真正的原因，明朝人張岱已經替我說明了：「人無癖不可與交，以其無深情也；人無疵不可與交，以其無真氣也。」

每次和他一起，瞧看他待人處世，禮貌萬分周到，分秒不忘微笑，時刻做出把自己縮小到如塵埃一般和地面同高的態度，就像在看表演一樣，覺得既有趣又佩服。

凡做不到之事，心中便生欽佩。

有癖有疵的人，原是不配和他站在一起的，更不用說成為好友。

無禮

難度太高的事。

我們沒法真正了解一個人，更看不透他的心。

有人送自己喜歡的東西，但你之所喜，也許非他所愛。有人索性把自己不喜歡的，別人送來的，轉送走。還說了道理，你的毒藥可能是他的食物，意思即是，你不喜歡但可能是他的最愛。

然而，己所不欲如何去施於人？這難度更高，實在是做不出來。

結果家裡有許多禮物。束手無策地面對它們。真的不知道應該如何去處理。房間如果拿來出租，一個月起碼還有點收入，現在擱著不要的東西，裡邊大部分是禮物，如何是好？

時常幻想，不知道哪裡有間專門回收禮物的店，這樣可以對得起大地。要是我丟掉，環保人士會罵我；不丟，白白浪費一個大房間，然後，擱著，擱著，擱到什麼時候？

這就是為什麼我極少送禮於人的理由了。

不要怪我無禮。

是我的錯

一直以為她是好朋友，到有一天，她不知道我在她背後，對著一班相識的友人，滔滔不絕地在講我的是非。

她錯了嗎？

沒有，錯的人是我。

是我以為她是好朋友。因此推心置腹把埋藏的心事完全自我挖掘出來讓她一目了然。

讓她今天拿出來嘲笑，並且把我放在笨蛋的位子上。

不要生氣她，應該生自己的氣才是。

感謝她，讓我曉得日後需要帶眼識人。

有人說你

「他們說你……」有人來告訴你。

這個「來告訴的人」不會成為我的朋友。

是非是由說是非的人製造出來的。

有人說什麼，只要不知道，全都沒關係。

人家愛說，由他說去。他說他的，於我有損只因我聽到。如不知道，一根汗毛也不會不見。

寧願不知，不是躲不是避，更不是鴕鳥。因為他們說的那個我，肯定不會是我。

你會認為他人眼中的你，是你？

我不會。

何必在意，更不會生氣。

所以，請不要多事來告訴我，「有人說你……」

有工做

用功的人以為努力需要日日練習，才會成為習慣。是。沒錯。

教人意外的是，原來吃喝玩樂同樣也得受過長期訓練才懂得門路去享受。每天在家對著電腦工作，一日突然得個假期，自己到城裡去逛街。走來走去，原本輕鬆愉快的心情漸漸消逝。因為不知如何是好，於是，又轉回家去打開電腦，開始工作，才發現，重新回到安身立命之所在，真是快樂的事。

一日不做工，有空閒走，卻不去吃喝玩樂一番打發時間，反而感覺痛苦和辛苦，遑遑然無所適從，有人說是已經中了工作的毒。

只好自我安慰，有工做好過沒工做。

有音樂的風箏

日影開始西斜之前，陽光的餘韻在海邊繼續揮灑它荼薇的金色旋律，怡人的午後有風，冷氣車裡的人起初並沒有感覺到海風的吹拂，而是從空中的風箏那愉悅悠遊的飛行姿態，才發現風來的方向。

飛行的姿勢往往令人豔羨。心中不禁生出嚮往。相對的，也有怯懦的人因為畏懼，雖然並不是沒有理想和渴望，但幾度猶豫和徘徊，最終卻只選擇沉默靜止，悄悄地當一個旁觀者。

生活中有太多的挫折和艱難，縱然不斷地掙扎和努力，依舊屢屢遭逢失敗和阻礙，甚至不甘心不情願，卻又不得不逼迫自己妥協低頭。當面臨著各種艱辛時刻，無奈地噙著淚水咀嚼痛苦，酸楚落寞的心不免憧憬有一個穿越生命中的荊棘的方法，於是，天真地夢想和神往飛翔的快樂。

然而，風箏的迷人雖是在於它那自由自在的姿態。真正的事實卻是它被一條長線和人的手牽制著，只不過，它在空中飛遊的輕快逍遙，看著便成為強烈的誘惑，非常容易就誤導了觀望的人。

每個人皆不約而同被生命中的各種繩索捆綁。其中最粗壯的那一條是叫名利。因此見到自由自在的姿態，往往由於心的旯旮仍舊存有一些些幻想而生發無限的羨慕。

在蔚藍的碧空中盤旋滑行的，有不同形態的蝴蝶、蜈蚣、還有永恆在想像中的龍，色彩極至鮮豔之能事，把湛藍的天空綴上耀眼奪目的五顏六色，空氣中甚至響起了呼哨聲，原來有人在他的風箏裝上哨子，製造音樂在空中迴響的效果。

歲月卻是飛馳無聲。當我坐在家裡寫下有音樂的風箏，才倏然驚覺，那竟已經是去年的事了，而我猶在家裡坐著。

束縛的心靈

《追憶似水年華》的作者普魯斯特，在面臨死亡的威脅時說：「對我來說，死亡只不過是從今世過渡到來世的一瞬間而已。」

川端康成晚年時，常到海外旅遊，他曾說過：「我希望巧遇飛機墜落，可總不能如願以償。」

思想者面對死亡，淡然視之，胸懷是「你若要來，你就來吧」的開闊；普通人則無法坦然視之，因為我們都不了解另一個世界究竟是怎麼一回事。

對於陌生的一切，不免心存恐懼。

有一天和小女兒提到死亡：「萬一這樣的事發生，不管怎麼樣都不要悲傷，記得媽媽的希望是女兒快樂地生活。」

沉默一陣子，牽著我的手，走在我身邊的小女兒，非常嚴肅地說：「不會的，媽媽，我們還會再相見的，只不過是，也許你比我們先去那兒等待我們罷了。」

眼淚掉了下來，原來女兒比我堅強，她的信仰也比我更堅定。

束縛的心靈彷彿開釋了。

欲望咖啡

沒有咖啡了。醫生說。
日漸不良的健康不再允許。
日子少了一些……，一些什麼？說不出來。
可以有的時候，沒那麼想要。
聽說不可以再有的時候，變成一份濃郁的熱烈渴望。
年紀愈大應該愈有主見才是，毋需事事聽從別人說的。
但是身體太不爭氣。自己對自己的身體又太陌生，只好遵照醫生的金玉良言。
咬咬牙，把家裡所有的咖啡都送走，以為可以眼不見不想念。
走過商場，聞到那香氣。
怔一怔。
啊啊！飄在空中的是欲望的味道，抑或是咖啡？

深夜的聲音

深夜的時候，聽到的聲音是白天聽不見的。

庭院中大樹的深呼吸、盆裡的花睡著以後花瓣微微的開合、小蟲在花叢中熱情洋溢地呼朋喚友、路過的風抑揚頓挫地唱著流浪的歌、貓兒自以為輕輕地躍過屋頂的跫音、長年擺在廳裡那些椅桌不耐煩地模糊的騷動、佇在廚房的冰箱毫無倦意地繼續努力操作……

每一個晚上總是有一戶人家的水喉沒關緊，那水，充滿規律地一滴一滴在滴——答——滴——答——（難道是我家裡的時鐘嗎？）；還有人家的電視經過一個白天的疲勞工作，仍然不得休息，永不節制的說話和笑聲時隱時現；書房電腦裡小說中早上我自己創作的人物一個一個列隊走出來，邁開的步聲雖然紛沓凌亂，卻方向一致地朝著我的床邊走來。

在黝黑的暗夜，以為是萬籟俱寂、悄無聲息的時刻，一切的聲音反而益發分明。因此一上床，就盼望快點入眠，要不然，深沉夜色裡，那些無比清晰的聲音，往往正是你平時最想忘掉的人和事。

燃亮的幸福

怔怔地看著電腦的文字，我的心突然變得柔軟起來。是，不過一個普通句子。「對一個作者而言，每天能花上半天時間在文學創作，是一件幸福的事呢！」一個編輯朋友回覆的電郵。

一如上班族，每天早上八點打開電腦，開始工作，到下午兩點中止。有時候順暢，有時候阻塞，正似大部分人的生活。然後，無論順利或阻滯，都得繼續努力。

毫不自知這就是幸福。和朋友見面聊天，一有機會便語帶怨懟，哎呀，每天都要花半天寫文章，真累。

從沒想過，對創作的人來說，能夠有時間投入創作，是多麼幸福的事呀！

甚至是令許多人羨慕的事吧。

每天都在做自己喜歡做的事，都有機會做自己愛做的事，走在自己要走的路上，周遭的朋友，多少人有這樣的福氣呢？

人在幸福中，不知道自己的幸福。我居然是我時常嘲笑的多數人的其中一個。

宛若天使猶如菩薩的編輯朋友，由衷地感激，是她一句話，燃亮了我的幸福。

泰然的牽掛

常年在接受一種概念：「要是沒有牽掛，那生活比較輕鬆，日子更快樂。」聽著，一邊深刻地感受著。心中確實存在太多的牽掛。許多人許多事都讓人放不下，看不開。

於是，自己給自己製造不快樂。

《增廣賢文》裡頭說：「世事茫茫難自料，清風明月冷看人。」早早已經知道，可是仍舊要牽掛。

時時幻想，何時才能無牽無掛呢？

無數掛礙永在心中浮移不去。人事物的糾纏牽扯，讓人無法雲淡風輕，腳步常日趑趄蹭躅，神情總是愁眉苦臉，開口便歎息連連，日子沉重不堪。

「不要焦慮地牽掛，處之泰然吧。」朋友在一旁點醒：「想找樣東西或者找個人來牽掛，你以為是容易的事嗎？」

恍然大悟，決定下回選擇「處之泰然的牽掛」。

有牽掛，表示我們對這世間還有愛。

特殊情況

兩個女人若成好友，其中一位必定是長得較醜，或是命運對她不太好。一個女人對另一個女人好，需得有同情，不然她們之間的友誼很難持久。

這話是一個作家說的。

有人認為充滿人生哲理。

當然也有不認同的。

我的要好的女朋友，多是美女，幾乎全是，如贊同這話，即表示缺陷者是我，因此便猶豫，對這句話有點無所適從。

天下事都有例外，大概我的是特殊情況。

這樣想，心裡就舒服些，那就這樣吧。哈哈。

壞天氣

天氣變得不可預測。雨季明明已經過去，卻每天都還在下雨，陰鬱的氣候令人的心情也跟著霉濕起來。

數日清晨無法出去跑步，習慣在軌道上有序地行走的人開始心浮意躁。灰濛濛的天色，白天也黯暗得好像是傍晚，太陽似乎沒有升起來就已經落下去了。許多昔日的舊人往事，毫無準備地一點一滴開始浮上心頭。

每當天氣一轉壞，就自覺地抗拒，盼願自己起碼保持一種不要讓氣候影響情緒的距離，總是毫無作用，氣候越是糟糕，情緒越是低落。

崎嶇的曲折的蒼涼的，種種過去的不悅都無從逃避地躍上心頭，然後不離不棄，執拗地徘徊蹭躅，甚至跌宕起伏。

時間的河沉默不語而沉緩地流，裡邊充滿生命中叫人不得已要無奈落淚的沉重悲傷，偶爾獲得一點點的愉悅歡樂，皆是稍縱即逝，難以掌握。

一切的期盼在壞天氣的日子裡，毫不遲疑地都變成神傷的絕望。望向窗外，庭院中那些飽滿的花瓣在盡情開展以後，沒有機會漸漸萎縮，就已經凋零一地。

年輕的時候，幻想自己未來從容而能幹地完成的許多美好，經過塵世滄桑的磨礪，再加上歲月寒風無情地吹拂，宿願終於變成樹上那褐黃的枯葉，一片一片正在隨風飄落了去。

壞天氣的壞心情，繼續描述下去，天會落雨，心也會落雨，不如停下手中這一支筆吧。

自憐

下一趟市區不是容易的事。因為那天正好沒有車，只好搭巴士。太久沒有搭巴士。確是很久，自從中學畢業以後至今都沒機會。

至今？女兒都大學畢業了。看，那是多少年前的事呢？

少做的事，做起來便不順手。佇在陽光下等待，怎麼要乘搭的那一號巴士永遠不出現，一再來的都是和我沒關係的。不是說十五分鐘一趟的嗎？已經在陽光下曝曬一個小時了。終於姍姍出現，天呀！怎麼搭客那麼多？好不容易將自己縮得瘦瘦的，擠進車廂。

一路搖搖晃晃，說是冷氣巴士，但敞著門，有人問，司機說，冷氣今天壞了。那麼大熱的天，冷氣偏偏壞掉，不能不相信壞的看來是運氣吧。

終於，抵達目的地。太高興。衝進書店，有冷氣，慢慢來，別緊張，享受一下冷空氣，拉張紙巾，抹去額頭的汗。打開皮包，天空沒有響雷，卻有晴天裡的霹靂！慌張，怎麼會這樣子的呢？

差點掉淚。但要怪誰呢？是自己疏忽呀！

書局裡排滿書，一個功夫擠巴士下來，是為了要買書呀，結果一本書也沒看就離開了。

心酸酸地佇在陽光下等待回去的巴士。

不知道該罵誰？

其實也沒有什麼，只是一樁簡單的小事，忘記帶老花眼鏡出門。

釀文學 PG0504

自說自話

作　　者　朵　拉
責任編輯　黃姣潔
圖文排版　蔡瑋中
封面設計　陳佩蓉

出版策劃　釀出版
製作發行　秀威資訊科技股份有限公司
114 台北市內湖區瑞光路76巷65號1樓
電話：+886-2-2796-3638　傳真：+886-2-2796-1377
服務信箱：service@showwe.com.tw
http://www.showwe.com.tw
郵政劃撥　19563868　戶名：秀威資訊科技股份有限公司
展售門市　國家書店【松江門市】
104 台北市中山區松江路209號1樓
電話：+886-2-2518-0207　傳真：+886-2-2518-0778
網路訂購　秀威網路書店：http://www.bodbooks.com.tw
國家網路書店：http://www.govbooks.com.tw
法律顧問　毛國樑　律師
總 經 銷　聯合發行股份有限公司
231新北市新店區寶橋路235巷6弄6號4F
電話：+886-2-2917-8022　傳真：+886-2-2915-6275

出版日期　2011年2月　BOD一版
定　　價　330元

國家圖書館出版品預行編目

自說自話 / 朵拉著. -- 一版. -- 臺北市：釀出版,
2011.02
面；　公分. --（語言文學類；PG0504）
BOD版
ISBN　978-986-86982-5-3（平裝）

868.76　　　　100001243

讀者回函卡

感謝您購買本書，為提升服務品質，請填妥以下資料，將讀者回函卡直接寄回或傳真本公司，收到您的寶貴意見後，我們會收藏記錄及檢討，謝謝！

如您需要了解本公司最新出版書目、購書優惠或企劃活動，歡迎您上網查詢或下載相關資料：http:// www.showwe.com.tw

您購買的書名：______________________________

出生日期：________年________月________日

學歷：□高中（含）以下　□大專　□研究所（含）以上

職業：□製造業　□金融業　□資訊業　□軍警　□傳播業　□自由業

□服務業　□公務員　□教職　□學生　□家管　□其它_____

購書地點：□網路書店　□實體書店　□書展　□郵購　□贈閱　□其他

您從何得知本書的消息？

□網路書店　□實體書店　□網路搜尋　□電子報　□書訊　□雜誌

□傳播媒體　□親友推薦　□網站推薦　□部落格　□其他__________

您對本書的評價：（請填代號　1.非常滿意　2.滿意　3.尚可　4.再改進）

封面設計____　版面編排____　內容____　文／譯筆____　價格____

讀完書後您覺得：

□很有收穫　□有收穫　□收穫不多　□沒收穫

對我們的建議：______________________________

____

____

____

請貼
郵票

11466
台北市內湖區瑞光路 76 巷 65 號 1 樓
秀威資訊科技股份有限公司 收
BOD 數位出版事業部

（請沿線對折寄回，謝謝！）

姓　名：＿＿＿＿＿＿＿＿ 年齡：＿＿＿＿ 性別：□女 □男

郵遞區號：□□□□□

地　址：＿＿＿＿＿＿＿＿＿＿＿＿＿＿＿＿

聯絡電話：(日)＿＿＿＿＿＿＿＿＿ (夜)＿＿＿＿＿＿＿＿＿

E-mail：＿＿＿＿＿＿＿＿＿＿＿＿＿＿＿＿